Karin

Karen Kingsbury
Lindas Weihnachtswunder

Über die Autorin

Karen Kingsbury wollte schon als Kind Schriftstellerin werden. Zunächst studierte sie Journalismus und schrieb für verschiedene Zeitungen, unter anderem für die *Los Angeles Times*. Ihre rührenden Alltags-Kurzgeschichten waren so gefragt, dass sie ein Angebot einer New Yorker Agentur bekam. So hatte sie kurz nach der Geburt ihres ersten Kindes die Möglichkeit, einige ihrer bisherigen Artikel zu sammeln und als Buch herauszugeben. Das war der Beginn ihrer Karriere als Autorin zahlreicher Bücher, die in den USA regelmäßig zu Bestsellern wurden, darunter „Sarahs Liebeslied".
Sie lebt mit ihrem Ehemann und sechs Kindern, von denen drei adoptiert sind, in Houston, Texas.

Karen Kingsbury

Lindas Weihnachtswunder

Erzählung

GerthMedien

FSC www.fsc.org
The mark of responsible forestry
FSC® C017859

Verlagsgruppe Random House FSC-DEU-0100
Das für dieses Buch verwendete FSC®-zertifizierte Papier *EOS*
liefert Salzer, St. Pölten.

Die amerikanische Originalausgabe erschien im Verlag
Warner Faith, a division of AOL Time Warner Book Group
unter dem Titel „Maggie's Miracle"

1. Auflage 2012
Bestell-Nr. 816697
ISBN 978-3-86591-697-6
Umschlaggestaltung: Immanuel Grapentin
Satz: Marcellini Media GmbH, Wetzlar
Druck und Verarbeitung: CPI Moravia

Donald, meinem Prinzen
Kelsey, meinem wunderschönen Lachen
Tyler, meinem Lieblingslied
Sean, meiner unerschöpflichen Freude
Josh, meinem sanften Riesen
EJ, meinem Erwählten
Austin, meinem Wunderkind

Und Gott, dem Allmächtigen, dem Autor des Lebens,
der mich mit ihnen so reich gesegnet hat.

Prolog

Der Brief war seine bisher beste Idee.

Joshua Edwards hatte Gott schon häufiger von seinem Wunsch erzählt, aber bislang war nichts passiert. Doch ein Brief ... ein Brief würde ganz sicher Gottes Aufmerksamkeit erregen. Nicht so ein gemaltes Bild, wie er es seinem Opa in Kalifornien häufig schickte, sondern ein richtiger Brief. Er würde ihn auf dem schönen Briefpapier seiner Mutter schreiben, in seiner besten Schönschrift, damit sich die A und E auch genau auf einer Linie befanden, wie es von einem Zweitklässler verlangt wurde.

Dann würde Gott den Brief bestimmt lesen.

Seine Großmutter Terri schaute sich ihre schreckliche Erwachsenensendung im Fernsehen an, in der sich die Leute küssten, weinten und sich gegenseitig anschrien. Jeden Tag holte ihn seine Oma von seiner Schule *St. Andrews* ab, brachte ihn nach Hause zu ihrer Wohnung in einer wohlhabenden Wohngegend Manhattans, setzte ihm eine Kleinigkeit zu essen vor und schob dann das Video mit ihrer Lieblingsserie ins Videogerät. Wenn die Großmutter ihre Sendung schaute, konnte Joshua sich ungestört einen Milchshake machen oder aus Versehen die Wände bemalen oder eine Stunde lang auf seinem Bett herumhüpfen. Wenn er dabei nicht zu laut wurde, merkte sie nichts.

„Das ist meine Zeit, Joshua“, sagte sie immer zu ihm und blickte ihn streng an. „Du musst dich selbst beschäftigen.“

Nach der Sendung machte sich die Großmutter dann auf die Suche nach ihm, und wenn sie ihn fand, schimpfte sie meistens mit ihm. „Joshua“, sagte sie dann, „was hast du jetzt schon wieder angestellt? Warum kannst du dich nicht hinsetzen und ein Buch lesen wie andere Kinder auch?“ Ihre Stimme klang oft genervt und müde, und Joshua wusste dann nicht, was er tun sollte.

Sie schrie ihn zwar niemals an oder schickte ihn zur Strafe in sein Zimmer, aber eines merkte er sehr deutlich: Sie hatte keine große Lust, auf ihn aufzupassen. Und erst gestern hatte Joshua zufällig gehört, wie sie das zu seiner Mutter gesagt hatte.

„Ich kann nicht ewig auf den Jungen aufpassen, Linda. George ist jetzt seit zwei Jahren tot. Du brauchst ein Kindermädchen.“ Die Großmutter hatte ein komisches Geräusch von sich gegeben, eine Art Seufzer. „Ich bin dem Jungen nicht mehr gewachsen.“

Joshua hatte in seinem Zimmer gespielt und alles mitbekommen. Er fühlte sich schlecht, denn vielleicht war es seine Schuld, dass seine Oma nicht mehr mit ihm klarkam. Und dann hörte er, wie seine Mama sagte: „Ich komme auch nicht mehr mit ihm klar, dann sind wir schon zu zweit.“

Danach ging es Joshua ganz schlecht. Er brachte keinen Bissen vom Abendessen hinunter.

Seitdem wusste er, dass es höchste Zeit war. Er musste Gott jetzt endlich auf sich aufmerksam machen, egal wie. Denn wenn sein Wunsch nicht in absehbarer Zeit in Erfüllung ging, dann würden seine Mama und seine Oma ihn vielleicht bald nicht mehr mögen.

Es war ja nicht so, dass er sich nicht bemüht hätte, brav zu sein. Aber manchmal war es so furchtbar langweilig, sich allein zu beschäftigen. Dann regte sich seine Neugier, und er fragte sich, was wohl passieren würde, wenn er sich einen Milchshake mit Eiswürfeln machen würde. Aber woher sollte er denn wissen, dass es für den Mixer einen Deckel gab? Und vermutlich war es auch keine gute Idee gewesen, den Tiger auf dem Wandkalender mit einem roten Stift abzupausen, denn natürlich rutschen Stifte auch schon mal ab.

Joshua trank den letzten Schluck Milch und wartete, bis die Kekskrümel aus dem Glas in seinen Mund gerutscht waren. Kekse naschte er am liebsten. Er stellte das Glas auf die Theke, kletterte vom Barhocker herunter und schlich auf Zehenspitzen in das Büro seiner Mutter. Nur wenn seine Mama darin an ihren Anwaltsunterlagen arbeitete und er ihr wichtige Fragen zu stellen hatte, durfte er das Zimmer betreten.

Aber sie würde bestimmt verstehen, dass ein Brief an Gott eine wichtige Angelegenheit war.

Das Zimmer war groß, ordentlich aufgeräumt und mit Möbeln aus Holz ausgestattet. Joshuas Mutter war eine Anwältin, die böse Menschen ins Gefängnis brachte. Darum musste sie manchmal noch bis spätabends und auch an Sonntagen arbeiten. Joshua zog eine Schreibtischschublade auf und nahm zwei Bogen Papier und zwei Briefumschläge heraus – für den Fall, dass er sich verschrieb und noch einmal von vorn anfangen musste. Dann schlich er ganz leise aus dem Zimmer, über den Flur und in sein Zimmer. Dort stand sein Schreibtisch, auf dem eine Federmappe mit Stiften lag, aber eigentlich brauchte er beides noch nicht, denn die Zweitklässler in *St. Andrews* bekamen erst nach Weihnachten die ersten Hausaufgaben auf.

Einmal hatte er seine Mama gefragt, was passieren würde, wenn er seine Hausaufgaben nicht erledigen könnte, wenn sie zu schwer wären.

„Du wirst die Hausaufgaben bestimmt bewältigen können, Joshua." Seine Mutter hatte die Augenbrauen in die Höhe gezogen, wie sie es immer tat, wenn sie keine weiteren Fragen mehr hören wollte.

„Bist du sicher?"

„Ja, ich bin ganz sicher."

„Wieso?"

„Weil ich auch einmal in der zweiten Klasse gewesen bin, Joshua, und ich kenne alle Antworten. Wenn du nicht weiterkommst, werde ich dir helfen."

Danach war seine Angst nicht mehr ganz so groß. Nicht jede Mutter eines Zweitklässlers kannte *alle* Antworten. Wenn sie wirklich alles wusste, dann dürfte die Sache mit den Hausaufgaben nicht allzu schwierig werden, und das war gut, denn es dauerte nicht mehr lange bis Weihnachten.

Joshua setzte sich an seinen Schreibtisch, nahm einen Stift aus der Federmappe und legte das Blatt zurecht. Das weiße Blatt sah wirklich sehr leer aus, und er starrte eine ganze Weile darauf. Wenn Gott den Brief lesen sollte, dann musste sich Joshua sehr viel Mühe geben. Es musste das Beste werden, das er je gemacht hatte. Wenn er die Sätze etwas hochgestochen formulieren würde, wäre das bestimmt hilfreich. Er richtete sich ein wenig auf seinem Stuhl auf, holte tief Luft und begann zu schreiben.

Liber Gott, ich heiße Joshua Edwards und bin 8 Jahre alt. Ich mus dich etwas fragen. Ich habe dich das shon mal gefragt, aber ich glaube, du wahrst zu beshäftikt. Darum shreibe ich dir jezt einen Brif.

Joshuas Hand schmerzte, als er fertig war. Die Musik von Omas Erwachsenensendung konnte er bis in sein Zimmer hören. Das bedeutete, dass die Serie beinahe zu Ende war. Jeden Augenblick würde seine Großmutter kommen und nach ihm sehen. Schnell faltete er den Brief in der Mitte zusammen, fuhr mit dem Finger über den Rand und faltete ihn noch einmal. Dann steckte er ihn in den Umschlag und klebte ihn zu. Sehr sorgfältig schrieb er „Gott" auf die Vorderseite, doch dann erstarrte sein Stift mitten in der Bewegung. Etwas hatte er vergessen.

Er kannte Gottes Adresse ja gar nicht.

Sein Herz raste. Gott wohnte im Himmel, das wusste natürlich jeder. Aber gab es da auch Hausnummern? Joshua hörte Schritte, die immer näher kamen. Seine Großmutter sollte nichts von dem Brief wissen. Sie würde ihn sonst bestimmt lesen, und dann wäre alles verdorben, denn seine Bitte an Gott sollte ein Geheimnis bleiben. Zwischen ihm und Gott. Hastig schaute er sich im Zimmer um und entdeckte seinen Rucksack neben dem Bett. Schnell rannte er hinüber und steckte den Brief in die Tasche. Er würde ihn seiner Mutter geben, wenn sie ihn morgen früh zur Schule brachte. Sie kannte bestimmt Gottes Adresse.

Sie wusste schließlich alles.

Kapitel 1

Linda Edwards steckte ihre Bluse in ihren dunkelblauen Rock, während sie die Küche betrat. Ihre wichtigste Gerichtsverhandlung in diesem Monat begann in einer knappen Stunde. „Wir müssen los, Joshua. In zwei Minuten."

„Nur noch eine Sekunde."

„Keine Sekunde mehr." Sie blies eine Haarsträhne aus dem Gesicht, während sie sich eine Scheibe kalten Toast von der Küchentheke schnappte. Dies waren die Augenblicke, in denen sie George ganz besonders vermisste, denn er hatte früher die Aufgabe übernommen, morgens das Frühstück zu machen. Vor halb neun brauchte er nicht im Büro zu sein. Aber bei ihr begannen Besprechungen und Anhörungen manchmal auch schon früher. „*Sofort*, Joshua. Ich habe heute eine wichtige Verhandlung."

Sie goss zwei Gläser Orangensaft ein und drehte sich zum Schrank um, in dem sie die Vitamintabletten aufbewahrte. Zweimal Vitamin C, jeweils eine Tablette Vitamin A, Vitamin E, Vitamin-B-Komplex, Coenzym Q10 und zweimal Knoblauch. Sie warf die Tabletten in den Mund und spülte sie mit einem Schluck Orangensaft hinunter.

George war mehr als zwanzig Jahre älter gewesen als Linda. Sie hatte ihn respektiert und versucht, ihn zu lieben. Aber die Festung, in der George seine tiefsten Gefühle eingeschlossen und wie mit Stacheldraht gesichert hatte, war uneinnehmbar gewesen, und in seiner Nähe hatte Linda nie das Gefühl gehabt, mehr als eine nette Geschäftspartnerin zu sein. Nachdem sich die Liebe, von der sie geträumt hatte, nicht einstellte, konzentrierte sich Linda auf ihre Arbeit – genau wie George. Ihr Beruf wurde ihr Lebensinhalt.

Doch dann hatte sich Joshua angekündigt, was beiden nicht in ihre Pläne passte.

Nachdem Linda sich von dem Schock erholt hatte, wurde ihr klar, welche Chancen diese Schwangerschaft in sich barg, und eine Zeit lang hoffte sie, dass noch alles gut werden würde, dass George es vielleicht schaffte, nicht mehr so viel Zeit im Büro zu verbringen und sich zu einem hingebungsvollen Vater zu entwickeln. Sie würden gemeinsam ruhige Momente erleben, ihr Baby im Schlaf bewundern und von dessen Zukunft träumen. Lachen und Leidenschaft würden in ihnen neu entfacht, und endlich würde ihr Leben so sein, wie Linda es sich erhofft hatte. Aber auch dieser Traum ging nicht in Erfüllung. Bei Joshuas Geburt war George fast fünfzig. Zwar begeisterte ihn der Gedanke, einen Sohn zu haben, ein Kind, das seinen Namen weitertrug, doch Linda gegenüber verhielt er sich noch distanzierter als zuvor.

„Du behandelst mich wie ein Möbelstück, George", hatte Linda eines Abends geflüstert, nachdem sie zu Bett gegangen waren. „Wünschst du dir nicht auch mehr?"

Mit eiskalten Augen hatte er sie angeblickt. „Du hast alles, was du dir je erträumt hast, Linda. Erwarte nicht mehr von mir, als ich dir geben kann."

George war Aktienhändler, in seinem Fach ein Genie und arbeitete in einem großen, prachtvoll ausgestatteten Büro in der Stadtmitte Manhattans. Zwei Wochen lang hatte er über einen steifen Nacken geklagt, aber weder Linda noch George hatten die Beschwerden sonderlich ernst genommen. Als seine Sekretärin ihn an jenem Morgen im Oktober fand, den Kopf auf einem Aktenstapel liegend und die Arme auf dem Schreibtisch ausgebreitet, hatte sie geglaubt, er sei kurz eingeschlafen. Eine Stunde später wollte sie ihn aufwecken, weil ein Klient ihn dringend zu sprechen wünschte. Ihr Schrei schreckte alle anderen Büroangestellten auf, und fünfzehn Minuten später teilte ihnen der Notarzt die harte Wahrheit mit.

George war tot, gestorben an einem schweren Herzinfarkt.

Linda hob das Glas an die Lippen und trank den Saft in vier Schlucken aus. Seit dem Tod ihres Mannes waren zwei Jahre vergangen. Ihre Trauerphase hatte allerdings nur wenige Monate gedauert, denn sie hatten sich nie so geliebt, wie Linda es sich erhofft hatte, wie sie es einmal, vor langer Zeit, für möglich gehalten hatte. Sie und George waren Geschäftspartner, Freunde, die in einem gemeinsamen Haushalt lebten. Sie vermisste George, aber weniger seine Person als vielmehr die Tatsache, dass er sie oft entlastet hatte, vor allem an einem Morgen wie diesem. Dass sein Tod ihr das Herz gebrochen hätte, konnte sie allerdings nicht sagen.

Das Problem war Joshua.

Der Junge war der einzige Mensch, den George wirklich geliebt hatte, und die spärlich bemessene freie Zeit und die dürftigen Emotionen, zu denen er fähig war, waren seinem einzigen Kind vorbehalten gewesen. Linda hatte es sich nie eingestehen wollen, aber mehr als einmal stellte sie fest, dass sie auf Georges Liebe zu Joshua eifersüchtig war, weil sie diese Liebe von ihrem Mann nie bekommen hatte. Nach dem Tod seines Vaters war Joshua verzweifelt, denn er trauerte sehr um George. In den vergangenen zwei Jahren seit dessen Tod war Joshua in der Schule und zu Hause kaum noch zu bändigen.

Ein Arzt stellte daraufhin fest, dass Joshuas Trauer und Zorn für sein wildes Verhalten verantwortlich seien. Das sei eine Phase, die vorübergehe, meinte er. Nach Georges Tod hatten Linda und Joshua eine Therapie begonnen, aber die Sitzungen waren teuer und sehr zeitraubend, und Linda hatte nicht erkennen können, dass sich Joshuas Verhalten besserte. Sie hatte ihren Arzt nach einem Medikament für ihren Sohn gefragt: Ritalin oder eines der anderen Mittel, mit denen verhaltensauffällige Kinder ruhiggestellt wurden.

„Damit sollten wir noch warten." Der Kinderarzt hatte nachdenklich den Kopf zur Seite geneigt. „Ich bin immer noch fest davon überzeugt, dass sein Verhalten mit dem Verlust seines Vaters zusammenhängt."

Das war vor drei Monaten gewesen, und Linda verlor allmählich die Geduld.

Kurz nach dem Tod ihres Mannes war Lindas Mutter zu ihnen gezogen, was Linda für das Beste gehalten hatte. Ihre Mutter, die in Florida an einer Schule unterrichtet hatte, war in diesem Jahr in Pension gegangen und lebte von ihrer geringen Rente. Sie würden sich die Lebenshaltungskosten teilen, und ihre Mutter könnte Joshua nach der Schule und an den Wochenenden beaufsichtigen. Aber die Großmutter kam mit ihrem Enkel nicht zurecht, vor allem jetzt, nachdem es draußen kühler geworden war und sie immer häufiger gezwungen waren, wegen des schlechten Wetters im Haus zu bleiben.

Linda räumte das Saftglas in den Geschirrspüler. „Joshua!"

Ihr Sohn kam in seinen Tennisschuhen durch den Flur gerannt und erschien im Türrahmen. „Tut mir leid, Mama."

Linda starrte den Jungen an, und um ihre Geduld war es geschehen. „Joshua, orange und grün?"

„Miss Hanson sagt, Orange sei die Farbe des Monats Oktober."

„Miss Hanson ist nicht deine Mutter." Linda deutete den Flur entlang. „Such dir etwas, das zusammenpasst, und zwar sofort. Wir müssen los."

„Okay." Joshua lief den Flur entlang, dieses Mal allerdings ein wenig langsamer.

Linda schaute auf die Uhr an der Mikrowelle. 7 Uhr 16. Wenn sie es rechtzeitig schaffen wollten, müsste jede Ampel an der Madison Avenue auf Grün stehen. In aller Eile verschwand sie in ihrem Bad, putzte sich die Zähne und überprüfte ihr Aussehen. Gepflegt und professionell, die dunklen Haare zu einem konservativen Knoten frisiert, nur einen Hauch Make-up. Noch immer zog sie alle Blicke auf sich, aber nicht unbedingt wegen ihres Aussehens.

Sondern weil sie Macht hatte.

Mit zweiunddreißig Jahren war sie eine der jüngsten Staatsanwältinnen im Bezirk, und sie hatte nicht die Absicht, sich ausbooten zu lassen. Ihr Ziel war das Büro des Bezirksstaatsanwalts. Vor Georges Herzinfarkt waren ihre Prioritäten andere gewesen, aber jetzt – jetzt lebten sie allein von dem Geld, das sie verdiente, und da wäre es schön, auf der Karriereleiter ein wenig nach oben zu klettern. Sonst könnte es schwierig werden, allein mit ihrem Gehalt auszukommen.

„Joshua!" Linda riss ihre Lederjacke vom Bügel und hängte sich ihre Handtasche über die Schulter. „Komm jetzt!"

Er wartete bereits an der Haustür auf sie. „Ich war schneller als du!"

Sein verschmitztes Grinsen brachte sie aus der Fassung, und ein Lächeln huschte über ihr Gesicht. „Sehr lustig."

„Wichtige Gerichtsverhandlung?" Joshua öffnete ihr die Tür.

Linda zog sie hinter sich zu und schloss ab. „Sehr wichtig."

Sie eilten die Treppe hinunter und traten auf die Straße. Es regnete mal wieder. Linda winkte das erste Taxi heran, das in Sicht kam. „Steig ein, Joshua. Beeile dich."

Er warf seinen Rucksack auf den Sitz und rutschte hinüber. Sie hatte die Tür noch nicht hinter sich geschlossen, als sie bereits sagte: „Fünfte und hundertundzweite Straße. Schnell."

Es war jeden Morgen dasselbe, aber manchmal, an Tagen wie diesem, waren Verspätungen noch unangebrachter. Sie waren etwa eine Straße von der Schule entfernt, als Joshua etwas aus seinem Rucksack zog und in Lindas Handtasche steckte. „Hey, Mama. Könntest du den Brief abschicken? Bitte!"

Linda nahm einen Aktenordner aus der Tasche und schlug ihn auf. Ihre Notizen für die Verhandlung waren irgendwo da drin. Sie hatte bis nach Mitternacht daran gearbeitet, aber um richtig vorbereitet zu sein, musste sie sie unbedingt noch einmal durchgehen.

„Mama?"

Sie legte die Akte auf den Schoß und blickte Joshua an. „Was ist, Schatz? Mami muss noch einmal ihre Notizen für das Gericht durchgehen."

„Entschuldige." Er senkte den Blick für einen kurzen Moment auf seine Hände. „Ich habe etwas in deine Tasche gesteckt."

„In Ordnung." Linda konzentrierte sich. Was hatte der Junge gesagt? Etwas über einen Brief? „Worum ging es noch mal?"

Joshua griff in ihre Tasche und zog einen weißen Umschlag aus der Seitentasche. „Es ist ein Brief. Könntest du die 'dresse darauf schreiben und ihn heute Morgen noch abschicken? Es ist wichtig."

„Adresse." Linda blickte ihn mit hochgezogenen Augenbrauen an. Was immer den Kindern in *St. Andrews* beigebracht wurde, es ließ zu wünschen übrig. Die akademischen Kenntnisse ihres Sohnes blieben weit hinter dem zurück, was Linda von einem achtjährigen Kind erwartete. Sicher, er konnte einen Ball über den Zaun und zum Startpunkt beim Baseballspielen schlagen. Aber das würde ihm nicht dabei helfen, später eine Universität besuchen zu können. Sie tätschelte seine Wange. „Das Wort heißt *Adresse*. Nicht 'dresse."

„Adresse." Joshua sprach das Wort überdeutlich aus. „Machst du das, Mama? Bitte!"

Sie senkte den Blick erneut auf ihre Akten und nahm sie hoch. „Sicher, ja." Sie warf ihm ein flüchtiges Lächeln zu. „Ganz bestimmt." Der Brief war vermutlich an seinen Großvater Howard in Kalifornien gerichtet. Aber normalerweise schrieb er auch die Adresse darauf.

Das Taxi schob sich durch ein Meer von gelben Autos, die ebenfalls so früh wie sie unterwegs waren, aber Linda bemerkte es kaum. Sie konzentrierte sich auf ihre Notizen. Dass sie in diesem Fall eine Verurteilung erreichen würde, daran zweifelte sie nicht. Der Angeklagte war ein neunzehnjähriger Junge, dem vorsätzlicher Mord vorgeworfen wurde. Er war der Anführer einer Bande von Teenagern, die im vergangenen Sommer eine Woche lang spätabends im *Central Park* auf der Lauer gelegen und auf ihre weiblichen Opfer gewartet hatten. Sie stellten ihnen nach, bis sie ihren Weg und die Richtung kannten, aus der sie kamen, und herausgefunden hatten, um welche Uhrzeit sie unterwegs waren. In einem günstigen Augenblick fielen sie dann über das Opfer her, erdrosselten es mit einer Angelschnur und raubten es aus. Die Leichen versteckten sie im Gebüsch. Über versteckte Wege flohen sie hinaus auf die Straße. Die ersten beiden Male konnte die Bande ungehindert ihre Taten ausüben. Beim dritten Mal war zufällig ein Polizist in der Nähe, der verdächtige Geräusche hörte. Er stürzte sich ins Gebüsch, und ein Schusswechsel folgte. Das Opfer konnte mit Verletzungen am Hals fliehen, aber der Polizist und ein Bandenmitglied kamen bei dem Kampf ums Leben.

Linda forderte eine lebenslängliche Freiheitsstrafe.

Das Taxi hielt an. „*St. Andrews.*" Der Taxifahrer schaltete auf Parken, ohne sich umzudrehen.

„Wir sind da, Schatz." Linda beugte sich vor und gab Joshua einen Kuss auf die Wange. „Denk an deine Schultasche."

Joshua schnappte sich seinen Rucksack, stieg aus dem Taxi und blickte sie noch einmal an. „Vergiss es bitte nicht, okay?"

Linda wusste nicht, was er meinte. „Was?"

„Mama!" Joshuas Schultern sackten in sich zusammen. „Meinen Brief. Vergiss nicht, meinen Brief abzuschicken."

„Ach so, ja ... entschuldige bitte." Linda nickte entschieden. „Ich werde es nicht vergessen."

„Versprochen?"

Eine seltsame Verzweiflung flackerte in den Augen des kleinen Jungen auf, und Linda hatte das Gefühl, als sähe sie ihn an diesem Morgen zum ersten Mal. Er war ein toller Junge, und sie liebte ihn auf eine Weise, die sie manchmal erschreckte. Aber warum nahm sie sich dann nicht mehr Zeit für ihn? Sie wusste darauf keine Antwort, und plötzlich war der Drang, ihn noch einmal in den Arm zu nehmen, stärker als das Bedürfnis zu atmen – selbst wenn sie zu spät zu ihrer Verhandlung kam.

Sie stieg aus dem Wagen und ging zu ihm hin, legte die Arme um ihn und ignorierte seinen verblüfften Blick. Ganz leise flüsterte sie in seinen Haarschopf ihre Antwort: „Versprochen." Nur kurz genoss sie seinen Geruch, das Gefühl seines Körpers in ihren Armen – er war wieder ihr kleiner Junge. „Ich wünsche dir einen schönen Tag!"

Seine Arme legten sich noch etwas fester um sie, und er drückte sein Gesicht an sie. „Es tut mir leid, dass ich dir so viel Mühe mache."

Linda warf einen schnellen Blick zu dem Taxifahrer hinüber. „Du machst mir keine Mühe, Schatz. Irgendwie werden wir schon klarkommen." Sie schaute auf ihre Uhr. „Also gut, Kumpel. Mami darf nicht zu spät kommen. Hab dich lieb."

„Hab dich auch lieb." Joshua warf ihr noch einen letzten Blick zu, dann flitzte er über den Bürgersteig zu seiner Schule. Linda stieg wieder in das Taxi ein und sah ihm nach, bis er sicher hinter der Eingangstür verschwunden war. Dann wandte sie sich an den Taxifahrer und hob die Stimme: „Oberstes Gericht im Zentrum." Sie ordnete ihre Notizen und steckte sie wieder in den Aktenordner. „Schnell, bitte."

❖

Es war schon dunkel, als Linda dazu kam, eine Tasse Kaffee zu trinken, sich hinzusetzen und die Fälle noch einmal durchzugehen, an denen sie an diesem Tag gearbeitet hatte. Die Verhandlung war hervorragend gelaufen. Die Jury setzte sich zusammen aus verheirateten Frauen und pensionierten

Männern, die konservativer zu sein schienen als viele andere Bürger Manhattans und dementsprechend sich entscheiden würden. Ihre Eröffnungsrede war gut angekommen, und als sie zu ihrem Platz ging, nickte die Hälfte der Geschworenen zustimmend. Zwei Wochen waren für die Verhandlung angesetzt, aber es war eine reine Formalität. Sie würde den Schuldspruch erreichen.

Normalerweise rief sie Joshua gern nach der Schule an, aber die Verhandlung am Vormittag dauerte bis zu einer Besprechung am Nachmittag, und danach kamen noch zwei Anhörungen. Mittlerweile war es 19 Uhr, und Linda hatte noch keinen Blick in ihre Akten geworfen. Fünf davon hatte sie auf ihrem Schreibtisch ausgebreitet. Nacheinander arbeitete sie sich durch jedes Dokument, überprüfte die Fakten, sah die Zeugenlisten durch und suchte nach Schlupflöchern. Sie versuchte sich in die Rolle der Verteidigung hineinzudenken, damit ihr auch nicht das kleinste Detail entging. Gegen halb acht fühlte sie sich bestens vorbereitet.

Sie war gerade dabei, die Akten in einen Schrank zu räumen, als das Telefon auf ihrem Schreibtisch klingelte. Linda nahm den Hörer ab und meldete sich, während sie weiter einräumte. „Hallo?"

„Linda, das geht so nicht weiter. Der Junge hat im Bad eine Rennbahn aufgebaut und ein Spielzeugauto die Toilette hinuntergespült. Ein Zentimeter Wasser steht auf dem Fußboden, und der Hausmeister ist auf dem Weg nach unten, weil das Wasser in der Wohnung von Mrs Paisley durch die Decke kommt." Ihre Mutter hielt gerade so lange inne, bis sie wieder zu Atem gekommen war. „Ich habe Hähnchen zum Abendessen gebraten, aber als es fertig war, wollte er nicht essen, darum habe ich ihn in sein Zimmer geschickt. Jetzt weint er schon seit einer halben Stunde."

Linda schob die Aktenschublade zu und ließ sich auf ihren Schreibtischstuhl sinken. „Das Wasser sickert durch die Decke? Mama ... wie lange stand das Bad unter Wasser?"

„Nicht lange, und sprich bitte nicht in diesem Ton mit mir."

„Du hast wieder deine Seifenopern geschaut, richtig? Kein Wunder, dass er im Badezimmer gespielt hat."

„Linda, der Junge weint. Komm nach Hause. Wir reden hier weiter."

Der Verkehr war ein Albtraum. Linda nutzte die Zeit, um über ihr Leben nachzudenken. Tränen waren in der letzten Zeit keine Seltenheit bei Joshua. Sie überlegte, was sie tun könnte, aber ihr fiel nichts ein. Ihre Mutter hatte recht, der Junge brauchte einen Freund, jemanden, mit dem er spielen und Sport treiben konnte. Aber wo sollte sie so jemanden finden?

Bruchstücke eines Gesprächs gingen Linda durch den Kopf. Ein Ehepaar hatte sich draußen im Flur vor Lindas Büro unterhalten.

„Unterhalt für ein Kind ist gut, aber es braucht mehr", hatte die Frau leise gezischt.

„Das ist nicht mein Problem. Ich überweise das Geld; mehr hat das Gericht nicht von mir verlangt."

„Wir wären nicht hier, wenn du auch nur ein paar Tage im Monat mit ihm verbringen würdest, verstehst du das denn nicht? Kinder brauchen mehr als Essen und ein Dach über dem Kopf."

Linda starrte durch das Fenster des Taxis auf die dunklen, nassen Straßen von New York City. *Mehr als Essen und ein Dach über dem Kopf.* Die Worte berührten den Teil ihres Herzens, den sie im Frühling ihres dreizehnten Lebensjahres verschlossen hatte.

Joshuas Problem war die Einsamkeit. Er war viel allein und verbrachte viel zu viel Zeit in der Gesellschaft einer alten, müden Frau. Als sie dies erkannte, brannten Tränen in Lindas Augen, denn diese Wahrheit brachte ihre perfekten Pläne in Gefahr. Später, wenn sie sich als Staatsanwältin einen Namen gemacht hätte, wenn sie viel Geld verdiente und in der Lage wäre, sich ihre Arbeitszeit frei einzuteilen, dann würde sie sich Zeit für Joshua nehmen. Damit entschuldigte sie sich immer. Sie liebte Joshua und sagte es ihm immerzu. Das musste für den Augenblick genügen.

Linda brauchte eine halbe Stunde für den Heimweg. Ganz selten war sie nach einem vollen Tag im Gericht erschöpft, sie war eher aufgekratzt, aber nicht müde. Heute jedoch wäre sie dem Problem mit Joshua nur zu gern aus dem Weg gegangen und hätte sich am liebsten sofort in ihr Bett verkrochen. Die drei Treppenfluchten kamen ihr vor wie fünf. Joshua wartete bereits an der Tür auf sie.

„Hast du es getan?"

Linda blickte ihn erstaunt an, als sie die Wohnung betrat und die Tür hinter sich schloss. „Was denn?"

„Den Brief abgeschickt." Hoffnung lag in seinem Gesichtsausdruck. „Hast du?"

Ihr Herzschlag setzte für einen kurzen Moment aus, und sie widerstand dem Drang zu blinzeln. „Natürlich."

„Wirklich? Und du hast die Adresse gefunden?"

Beim zweiten Mal kam ihr die Lüge noch leichter über die Lippen. Sie strich ihm eine Haarsträhne aus dem Gesicht und gab ihm einen Kuss auf die Stirn. „Selbstverständlich."

Joshua warf die Arme um sie. „Danke, Mama ... du bist die Beste."

Schuldgefühle krochen in ihr hoch und streckten ihre Wurzeln in alle Richtungen aus. „Genug davon." Sie schluckte und löste sich von ihm. „Was ist im Bad passiert?"

Eine Stunde verging, bis sie die ganze Geschichte gehört und ihn zu Bett gebracht hatte. Ihre Mutter hatte sich bereits schlafen gelegt, und endlich konnte sich Linda mit ihrer Tasche in ihr Schlafzimmer zurückziehen. Der Brief steckte noch in der Seitentasche. Als sie ihn herausnahm, schlug ihr Herz Purzelbäume. Nur ein Wort stand in Joshuas Handschrift auf dem Umschlag:

Gott.

Plötzlich fiel ihr wieder ein, dass Joshua sie gebeten hatte, die Adresse herauszusuchen, bevor sie den Brief in den Postkasten werfen würde. Linda schloss die Augen, drückte den Brief an sich und atmete laut aus. Schließlich sank sie auf ihr Bett und riss den Umschlag auf, tief beunruhigt darüber, was wohl darin stehen würde. Ein einzelnes Blatt steckte in dem Umschlag, vollgeschrieben in Joshuas ordentlichster Schönschrift.

Linda kniff die Augen zusammen und begann zu lesen.

Liber Gott, ich heiße Joshua Edwards und bin 8 Jahre alt. Ich mus dich etwas fragen. Ich habe dich das shon mal gefragt, aber ich glaube, du wahrst zu beshäftikt. Darum shreibe ich dir jezt einen Brif.

Ein stechender Schmerz zuckte durch die Tiefen von Lindas Seele, dem Ort, an den sie alle Gefühle verbannt hatte, die Gott, Gebete und Wunder betrafen. Joshua hatte es sehr treffend ausgedrückt. Gott war immer zu beschäftigt gewesen, um die Gebete einer einsamen, vergessenen Frau zu hören, und jetzt war er zu beschäftigt für ihren Sohn. Sie knirschte mit den Zähnen und las weiter.

Ich habe einen Wunsh an dich und hir ist er: Bitte, Got, shik mir einen Papa. Mein Papa ist gestorben, als sein Herz aufhörte zu shlagen und jetzt sind meine Mama und meine Oma und ich allein.

Tränen traten Linda in die Augen. Die Worte verschwammen vor ihrem Blick. Sie blinzelte und zwang sich weiterzulesen.

Mein freund Keith hat einen Vater, der Baseball mit ihm spilt und samstags mit ihm in den Park geht und ihm jeden Tag nach der Shule beim rechnen hilft. Mama ist dazu zu beshäftikt, also bitte, Gott, bitte shik mir so einen Papa. Weihnachten wäre ein guter Zeitpunkt. Vilen Dank. In Libe, Joshua.

Linda wischte ihre Tränen ab. Wieder und wieder las sie den Brief durch, und schließlich, beim vierten Mal, konnte sie die Tränen nicht mehr zurückhalten. Tiefe, herzerweichende Schluchzer, wie sie sie sich nicht mehr gestattet hatte, seitdem sie kein kleines Mädchen mehr war, brachen aus ihr hervor. Sie konnte Joshua alles geben, was er brauchte, aber niemals das Eine, das er sich wünschte: einen Vater – einen Mann, der mit ihm spielte und ihn liebte und ihn seinen Sohn nannte.

Und diese Tatsache schmerzte sie so sehr wie noch nie, seitdem George gestorben war.

Linda steckte den Brief in den Umschlag zurück und schob

ihn unter ihr Kissen. Dann legte sie sich, noch in ihren Kleidern, auf das Bett, zog die Decke über sich und bedeckte ihr Gesicht mit den Händen. Plötzlich war sie wieder dreizehn, allein am sandigen Strand des *Tahoe-Sees*. Ihr Verlust hatte sie in tiefe Verzweiflung gestürzt, und sie war auf der Suche nach Antworten.

Der Junge war fünfzehn gewesen, groß und schlank, mit sonnengebleichtem Haar und Sommersprossen. Eine Woche lang hatten sie sich jeden Tag am Wasser getroffen. Wie hieß er noch gleich? Kade irgendwie? Die Erinnerung an ihn war mittlerweile verblasst, und sie konnte sich sein Gesicht kaum noch vorstellen. Aber niemals hatte Linda vergessen, was der Junge ihr in diesem Sommer gesagt hatte.

Halte Ausschau nach der wahren Liebe, Linn, denn wahre Liebe hört nie auf.

Linda hatte über den kalten See gestarrt und den Kopf geschüttelt. Es wäre schon ein Wunder, wenn sie eine solche Liebe finden würde, hatte sie ihm erwidert. Nichts weniger als ein Wunder.

„Dann werde ich eben genau dafür beten", hatte der Junge ihr geantwortet und sie angegrinst. „Ein Wunder für Linn."

Linda rollte sich auf die Seite und ließ ihren Tränen freien Lauf. Jahrelang hatte sie daran festgehalten, was der Junge ihr über die Liebe gesagt hatte – eine Liebe, die nie aufhörte. Aber der Junge am Strand hatte sich geirrt. Liebe – was immer das war – hörte ganz gewiss auf. Und Wunder? Nun, ganz bestimmt gab es keines für sie, und auch Joshua würde gewiss keines erleben.

Je eher er das begriff, desto besser war es für ihn.

Kapitel 2

Am Samstagmorgen herrschte Hochbetrieb in *Casey's Corner*, das in der Stadtmitte Manhattans lag. Es war jede Woche dasselbe. Der Duft nach heißen Blaubeerpfannkuchen und brutzelndem Speck hing in der Luft, während im Hintergrund Tabletts klapperten und Dutzende Gespräche zu hören waren. All das nahmen die Gäste wahr, die geduldig an der Tür warteten, um einen Tisch zugewiesen zu bekommen. Das Café war ein heißer Tipp für Touristen von Texas bis Tokio, und auch unter den Geschäftsleuten, die in der Stadtmitte Manhattans arbeiteten, war das Lokal äußerst beliebt. Die Speisekarte bot eine „gesunde Vielfalt", von Sandwiches mit Avocado und Alfalfa-Sprossen bis zu einem halben Dutzend verschiedener hausgebackener Käsekuchen. Das Essen war frisch und wurde schnell serviert, und die Atmosphäre war so facettenreich und dynamisch wie die Stadt New York. Casey Cummins hatte das Café vor sechs Jahren eröffnet, und seitdem hatte es sich zum echten Geheimtipp entwickelt.

Einer der Stammgäste erzählte Casey gerade einen Witz. Er musste sich zusammenreißen, um tatsächlich zu lachen. Er war mit seinen Gedanken nicht ganz bei der Sache, sondern befand sich auf der Insel der Erinnerungen und Geheimnisse, die er mit niemandem teilen würde.

Und schon gar nicht an diesem Tag.

An den meisten Tagen joggte Casey zur Arbeit. Dabei trug er immer sein blaues Nylon-Sweatshirt – sein Markenzeichen – und weiße Nike-Sportschuhe. Wenn er den Vormittag erfolgreich hinter sich gebracht hatte, konnte er die zwanzig Wohnblocks bis zu seinem Apartment durch den *Central Park* joggen. Seine Laufstrecke war normalerweise immer dieselbe, aber in den vergangenen Tagen hatte Casey Umwege genommen und sich selten für den kürzesten Weg zu seiner Wohnung entschieden. Nicht weil er das Training brauchte, sondern weil es ihm schier unerträglich war, in sein einsames Zuhause zurückzukehren.

Es war der dritte Samstag im Oktober. Casey drehte seine Runden im Lokal und wechselte ein paar Worte mit den Stammgästen. „Joey, wie läuft es in der neuen Bank?", oder: „Hallo, Mrs Jackson, wieder ein Samstag weniger, bis Weihnachten ist?", oder: „Marvin, Mann, was ist denn nur mit den *Nets** los? Jason Kidd wird sie diese Saison in Stücke reißen."

Die Stunden zogen sich hin, und Casey bewegte sich wie ein Roboter. Es war nicht schlimm, dass er mit seinen Gedanken ganz woanders war, denn die Abläufe im Café waren ihm völlig vertraut. Selbst an einem Tag wie diesem.

Gegen Mittag ebbte die Flut der Gäste ab. Casey suchte sich einen Platz an der Theke. „Ein langer Morgen, Billy-G."

Der alte farbige Küchenchef schaute von seinem Platz am Herd zu ihm herüber. „Also gut." Er musterte Casey einen Augenblick. „Mach Feierabend."

Casey blinzelte, hielt den Blick aber auf das Gesicht des Mannes gerichtet. Billy Gaynor kam aus Nigeria und arbei-

* Gemeint sind die *New Jersey Nets*, ein Basketballteam, das in der US-amerikanischen Profiliga NBA spielt.

tete seit der Eröffnung des Cafés für Casey. Seine kulinarischen Künste trugen genauso zum Erfolg von *Casey's Corner* bei wie die Ausstattung des Lokals, witzige Straßenschilder aus New York oder die Broadway-Souvenirs an den farbig gestalteten Wänden. Casey und Billy-G waren Kollegen und Freunde – und seit Amys Tod war ihre Freundschaft noch enger geworden. Beide waren nun Witwer, und trotz der dreißig Jahre Altersunterschied gab es keinen Menschen, mit dem Casey seine Zeit lieber verbringen würde.

Billy-G schwieg. Casey schnappte sich einen Becher, goss sich eine Tasse Kaffee ein und trank mit langsamen Schlucken.

„Jawohl!" Casey blickte ihn über seinen dampfenden Becher hinweg an. „Wieder ein wunderschöner Samstagmorgen im Big Apple, oder, Billy-G?"

Die Augenbrauen seines Freundes zogen sich langsam zusammen. „Mir kannst du nichts vormachen, Casey." Er trat um den Herd herum, lehnte sich an den Tresen und blickte Casey eindringlich an. „Du musst darüber reden." Noch immer waren die meisten Plätze besetzt, darum dämpfte Billy-G seine Stimme. „Mich kannst du nicht täuschen. Ich weiß doch Bescheid."

Casey stellte seinen Kaffeebecher ab und ließ den Kopf sinken. Er überlegte, ob er wieder lächeln sollte, entschied sich aber dagegen. „Was weißt du, Billy-G?"

„Heute ist euer Hochzeitstag." Der Mann beugte sich noch weiter vor. „Einen Monat nach meinem, schon vergessen?"

Caseys Augen begannen kurz zu brennen. „Ach das." Er schnaubte leise und richtete sich auf dem Barhocker auf. „Das ist nichts Besonderes, Billy-G. Das Leben geht weiter."

„Ja." Der alte Mann lehnte sich gegen den Tresen, doch sein Blick ließ Casey nicht los. „Aber nur ein Narr würde eine Frau wie Amy vergessen.“ Er zögerte und machte einen Schritt in Richtung Küche. „Doch du bist kein Narr.“

„Ja, aber ...“ Casey kniff die Augen zusammen und schnappte mühsam nach Luft. Er stellte seinen Becher hin und schlug leicht mit der Hand auf den Tresen. „Zeit zum Joggen.“

Billy-G blieb stehen und richtete seinen Blick noch einmal auf Casey. „Ich bin da. Wann immer du reden möchtest, ich bin da.“

„Danke.“ Casey blickte über die Schulter zurück und suchte den schnellsten Weg zur Tür. Seine Kehle war wie zugeschnürt, und die Erinnerungen drängten an die Oberfläche. An manchen Tagen konnte er stundenlang über Amy reden und spürte nie die Tränen. An solchen Tagen gab es für ihn nichts Schöneres, als nach der Arbeit noch mit Billy-G zusammenzusitzen und in der Vergangenheit zu schwelgen. Aber nicht an diesem Tag.

Er schenkte Billy-G ein Lächeln. „Wir sehen uns morgen.“

Das Pflaster unter seinen Füßen war so kalt wie Eis, und so rannte Casey schneller als sonst. Einige der Stammgäste hatten ihn zu sich herangewinkt und auf ein kurzes Gespräch oder ein Lachen gehofft, aber um seine Selbstbeherrschung war es geschehen. Billy-G hatte recht.

Casey Cummins war kein Narr. Heute konnte er keine Sekunde länger vortäuschen, dass er ganz fröhlich war, denn heute war sein achter Hochzeitstag. Und hätten Amy und das Baby überlebt, dann hätten sie den Tag gemeinsam verbracht, das Leben und die Liebe gefeiert, eine Liebe, die nur wenigen Menschen vergönnt war.

Er joggte in Richtung Norden zum Broadway und überquerte die Straße zum *Central Park*. Das Problem war, dass niemand etwas von seinem Verlust hören wollte. Jedenfalls nicht wirklich. Die Leute erlebten ihre eigenen Tragödien, verloren ihren Job oder ein Kind beim Militär, sie mussten zerbrochene Beziehungen und finanzielle Notlagen hinnehmen. In *Casey's Corner* erwartete jeder ein mitfühlendes Ohr, und er hatte es sich zur Aufgabe gemacht, allen zuzuhören.

Aber er selbst redete nur selten über seine Nöte.

Casey verlangsamte den Schritt und bog auf einem gepflasterten Weg in den Park ein. Nicht selten geschah es, dass Menschen, die eine Tragödie erlebt hatten, Gott infrage stellten und darüber klagten, wie ein liebender Schöpfer zulassen konnte, dass es in der Welt so viel Not und Leid gab. Einige seiner Gäste waren nach dem 11. September 2001 so zornig auf Gott gewesen, dass sie nicht mehr an ihn glaubten.

Bei Casey war das anders.

In der Welt geschahen nun mal schlimme Dinge, so einfach war das. Ein fünfzehnjähriges Mädchen wurde Opfer einer Vergewaltigung, die Mutter eines Kleinkindes wurde von einem betrunkenen Fahrer totgefahren, die Frau eines Polizisten verlor ihren Mann, weil er während seines Dienstes erschossen wurde – jeder von ihnen erlebte seinen eigenen 11. September, einen Tag, an dem er gezwungen war zu erkennen, dass das Leben ohne Glauben gar keinen Sinn ergab.

Nicht eine einzige Minute.

Caseys Tragödie geschah eine Woche nach dem terroristischen Anschlag, am 18. September. Das war der Tag, an dem bei Amy die Wehen einsetzten und sie zu bluten begann. So schnell er konnte, brachte er sie ins *Mount-Sinai-Krankenhaus*, und noch nachdem die Ärzte ihn in einen abgelegenen Warteraum geschickt hatten, ging Casey ganz selbstverständlich davon aus, dass Amy und das Baby alles überstehen würden. Erst knapp eine Stunde später, als ein erschöpfter Arzt auf Casey zukam, dämmerte ihm, dass vielleicht irgendetwas nicht stimmte.

„Wir haben beide verloren, Mr Cummins." Tränen standen in den Augen des Arztes. „Es tut mir so leid."

Mit den Wehen hatte bei Amy auch eine starke Blutung eingesetzt. Der Blutverlust war zu groß, sodass Mutter und Kind nicht gerettet werden konnten.

Casey keuchte nun noch stärker. Er bog um eine Ecke und sah vor sich die vertrauten grün-braunen Spielgeräte aus Plastik und die ganz besonders lange Rutsche auf der rechten Seite. Der *East-Meadow-Spielplatz* im *Central Park* war nicht besonders groß und auch nicht sonderlich beliebt, aber nach ihrem Umzug nach New York waren Casey und Amy häufig hierhergekommen. Normalerweise rannte er daran vorbei, warf ihm nur einen kurzen Blick zu und ließ die Erinnerungen kaum hochsteigen. Sonst ignorierte er die alte Bank, die in der Nähe der großen Rutsche stand. Dort hatte er Amy den Heiratsantrag gemacht, und dort hatte sie ihm erzählt, dass sie ein Baby erwarteten. Hier, auf dieser abgeschiedenen Bank, hatten sie sich nach dem Einsturz der Zwillingstürme in den Armen gelegen und miteinander geweint.

Doch heute verlangsamte er seinen Schritt und blieb keuchend stehen. Mit dieser Bank waren so viele Erinnerungen verbunden, und an den meisten Tagen war es für ihn besser, hier nicht stehen zu bleiben.

Aber heute …

Heute gab es plötzlich keinen anderen Ort, wo er lieber sein wollte.

Es war ziemlich kühl. Ein scharfer Herbstwind pfiff durch die Büsche. Casey umklammerte seine Knie, beugte sich vor und wartete darauf, dass seine Atmung sich beruhigte. Nach ein paar Sekunden richtete er sich auf und verschränkte die Hände hinter dem Kopf. Eine halbe Minute lang ließ er seine Füße kreisen, bis sich seine Atmung normalisiert hatte. Ein Dutzend Kinder spielte zwischen den Schaukeln und Rutschen, und ganz in der Nähe standen ihre Eltern in Grüppchen zusammen oder saßen auf den Bänken, plauderten miteinander oder riefen ihren Kleinen manchmal etwas zu und warnten sie, nicht vor die Schaukeln zu laufen, oder versprachen ihnen, in ein paar Minuten mit ihnen zu spielen.

Die Stimmen verklangen, und Casey steuerte den hinteren Teil des Spielplatzes an. Ihre Bank war frei, wie immer. Sie war kleiner und älter als die anderen, teilweise wurde sie vom Gebüsch verdeckt. Von dieser Bank aus waren nicht alle Spielgeräte zu überblicken, darum mieden die meisten Eltern diese Sitzmöglichkeit. Sie blieben lieber in der Nähe ihrer Sprösslinge.

Er setzte sich und streckte seine Beine von sich. Der Boden war feucht, heruntergefallene Blätter bedeckten ihn. Casey trat nach einem dunklen, feuchten Klumpen Erde, dann legte er seine Füße übereinander.

Acht Jahre.

Wenn Amy am Leben geblieben wäre, hätten sie bald zehnjährigen Hochzeitstag gefeiert. Er legte den Kopf in den Nacken und starrte in den grauen Himmel. *Komm schon, lass mich sie sehen … nur einmal.* Er kniff die Augen zusammen und versuchte, durch die Wolken hindurch zu dem Ort zu sehen, wo Amy noch lebte, ihn immer noch liebte und auf ihn wartete.

Aber er sah nichts weiter als einen verhangenen Spätherbsthimmel, und sein Herz wurde schwer. Dann schloss er die Augen.

Der Schmerz ist jetzt schlimmer als je zuvor. Ich … Er hielt den Atem an und war entschlossen, seine Gefühle im Zaum zu halten. *Ich vermisse sie so.*

Als er die Augen wieder öffnete, fesselte eine Amsel seine Aufmerksamkeit. Sie hüpfte ganz in der Nähe über den Gehweg, auf den Boden konzentriert, und immer wieder stieß sie ihren Schnabel in die Erde. Auf einmal blieb sie stehen, schaute mit geneigtem Kopf zu den Bäumen, und plötzlich breitete sie ihre Flügel aus und hob sich in die Lüfte.

Casey blickte ihr nach, bis sie nicht mehr zu sehen war. Wenn Amy jetzt hier wäre, würde sie ihren Arm um seine Schultern legen und ihm sagen, dass sie einiges von der Amsel lernen könnten. Was brachte es, auf dem Boden herumzukriechen? Zwei Jahre waren vergangen, und Amy hätte gewollt, dass er sich wieder in die Lüfte hob. Dass er wieder lebte … wieder liebte. Amy mit ihren strohblonden Haaren und den hellbraunen Augen, ihrem fröhlichen Lachen und dem sanften Herz. Mit ihrer freimütigen Art, mit der sie genau das aussprach, was sie dachte.

Komm schon, Casey, hörte er sie beinahe sagen, und fast konnte er das Funkeln ihrer Augen vor sich sehen. *Was willst du tun … aufhören zu atmen? Geh weiter und lebe.*

Aber wo sollte er anfangen? Und mit wem? Und wie sollte er wieder fliegen, nachdem er die Frau seiner Träume geliebt und wieder verloren hatte? Zwei Jahre, was machte das schon?

Er wollte noch nicht wieder fliegen, wollte noch nicht weiterziehen. Er wollte allein sein mit den Erinnerungen an sie. Wie könnte eine andere Frau sie ersetzen?

Allein bei dem Gedanken begann sich sein Magen umzudrehen.

„Joshua, nicht so hoch." Die Stimme einer Frau riss ihn aus seinen Gedanken, und Caseys Blick folgte ihrem Klang. Sie war brünett und sah recht gut aus, und sie stand nur wenige Meter von dem Spielgerät entfernt. „Joshua ... hast du mich verstanden?"

Caseys Blick wanderte zu der großen Rutsche, auf der ein kleiner, sieben oder acht Jahre alter Junge stand. Einen Augenblick lang sah es so aus, als würde das Kind ihre Anweisung missachten, doch dann hielt der Junge inne, drehte sich um und kletterte die Leiter wieder hinunter. Casey blinzelte, und wieder stand er in dem Krankenhausraum und erfuhr vom Tod seiner Frau und seines Kindes.

Das Baby war ein Junge gewesen. Das hatte ihm der Arzt gesagt, unmittelbar nachdem er ihm die schreckliche Nachricht mitgeteilt hatte. Ein Junge, der Amys Augen und Caseys Abenteuerlust geerbt hätte. Ein Junge wie der, der auf dem Spielgerät herumkletterte. Er wäre jetzt zwei Jahre alt, und er hätte den Spielplatz *East Meadow* geliebt, wo er über den grünen Rasen auf den See hätte blicken können. Ja, dies wäre Caseys Lieblingsplatz gewesen. Amy hätte an seiner Seite gesessen, hätte seine Hand gehalten, und gemeinsam hätten sie beobachtet, wie ihr Sohn über die Spielbrücke gerannt, gehüpft und gesprungen wäre.

Casey wandte den Blick ab, und das Bild verschwand. Er schnappte nach Luft und rutschte noch ein wenig tiefer auf der

Bank. Warum ließ er diese Gedanken zu? Was nützte es ihm, wenn er sich jetzt in seinen Träumen verlor? Sicher, heute war ihr Hochzeitstag. Aber na und? Amy war tot – und mit ihr war jede Hoffnung gestorben, die er für die Zukunft gehabt hatte. Da war keine Hand mehr, die er halten konnte, es gab kein glückliches Ende und keinen kleinen Wuschelkopf, mit dem er spielen konnte.

Er erhob sich, drehte sich um und stellte die Füße nacheinander auf die Bank, um seine Beine zu dehnen und seine Muskeln am Ober- und Unterschenkel zu lockern für die letzte Etappe nach Hause. Was hielt ihn noch länger hier fest? Die Bank war jetzt nichts anderes mehr als ein Grabstein. Ein Grabstein für Amys fröhliches Grinsen, für den ungehörten Schrei eines kleinen Jungen und für alles andere Gute im Leben, das zusammen mit Amy und ihrem kleinen Sohn auf dem Operationstisch gestorben war.

Kapitel 3

Linda hatte den Mann die ganze Zeit über im Auge behalten, seitdem sie und Joshua im Park angekommen waren.

Der Ausflug dorthin war Joshuas Idee gewesen. Ihm diesen Gefallen zu tun war das Mindeste, das sie machen konnte, nachdem sie seinen Brief an Gott gelesen hatte. Den Platz eines Vaters konnte sie nicht ausfüllen, aber sie liebte ihren Sohn, und der Brief hatte ihr eines noch einmal deutlich gemacht: Für Joshua war es sehr wichtig, dass sie sich mehr Zeit für ihn nahm. Und sie würde ab jetzt alles tun, um für ihn da zu sein. Auch wenn sie dafür einen Samstag im Büro opfern müsste. Dann würde sie eben einen anderen Weg finden, um ihre Arbeit zu erledigen.

Sie hatte Joshua auf der Schaukel angestoßen und über irgendetwas, das er gesagt hatte, gelacht, als der Mann herangejoggt kam, ein wenig verschnaufte und sich schließlich auf der Bank hinter der großen Rutsche niederließ.

Als der Mann an ihr vorüberging, begegnete Linda seinem Blick nur flüchtig, aber sie spürte sofort, dass ihn irgendetwas bedrückte. Immerhin war Linda Staatsanwältin und in der Lage, Körpersprache und einen Gesichtsausdruck so mühelos zu interpretieren, wie sie ein juristisches Dokument lesen konnte.

Und sie war Expertin darin, in den Augen eines Menschen zu lesen.

In den Augen dieses Mannes lag ein gequälter Blick, verschleiert von einem Schmerz, der in New York City Tag für Tag zu erleben war. Im Theater, in Restaurants, in Büros, überall begegneten einem Menschen, die einen solchen Schmerz zu verarbeiten hatten. Und besonders in den vergangenen zwei Jahren seit dem terroristischen Anschlag auf das *World Trade Center*. Einen Augenblick lang überlegte Linda, welche Geschichte der Mann wohl zu erzählen hätte. Er wirkte eigentlich recht sympathisch, und die Art seiner Körpersprache kam ihr vage vertraut vor. Hatte er ein Elternteil oder ein Kind verloren? Oder vielleicht einen anderen geliebten Menschen? Oder hatte er einfach nur eine harte Arbeitswoche hinter sich?

Zehn Minuten vergingen, während Linda diesen einsamen Mann beobachtete. Sollte sie zu ihm gehen und herausfinden, warum er hier war und warum seine Augen so traurig aussahen? Vielleicht hatte er ja das Bedürfnis zu reden. Linda wandte ihre Aufmerksamkeit wieder Joshua zu und dachte nicht weiter darüber nach. Solche verrückten Gedanken kamen ihr nicht oft in den Sinn. Der Mann hatte bestimmt einen guten Grund, warum er auf dieser Bank saß. Linda würde ihn in Ruhe lassen.

„Stopp die Zeit, Mama." Joshua winkte ihr zu, und seine Augen funkelten wie seit Monaten nicht mehr. Neue Hoffnung flackerte in Linda auf. Alles würde gut werden, sie könnte es schaffen – sie könnte sich Zeit für ihn nehmen. Und irgendwann würde Joshua erkennen, dass er gar keinen Vater brauchte, weil sie ihn doch so sehr liebte.

„Die Zeit stoppen?" Sie blickte auf ihre Uhr. „Wozu?"

„Überprüf mal, wie lange ich brauche, um die Schaukeln zu umrunden, die Leiter hochzuklettern und die Rutsche hinunterzurutschen, okay?"

„Okay.“ Linda salutierte in Joshuas Richtung. „Sag Bescheid, wenn du bereit bist.“

Eine ganze Zeit lang spielten die beiden dieses Spiel, und als Joshua endlich zu müde war, um noch eine Runde zu drehen, fiel Linda auf, dass der Mann fort war. Vermutlich war er nach Hause gegangen, wo seine Familie auf ihn wartete – oder etwas anderes, weshalb er so traurig aussah.

Joshua sprang von der Rutsche herunter und rannte zu ihr hin. „Bist du so weit?“

„Ja.“ Linda schob die Ärmel ihres Pullovers hoch und erhob sich. „Ich bin so weit, wenn du es bist.“

Gähnend ging er neben ihr her. „Das war ein Megaspaß.“

„Ein *Megaspaß*?“

„Ach, komm schon, Mama.“ Joshua grinste sie an. „Du weißt doch ... das hat sehr, sehr viel Spaß gemacht.“

„Ach so.“ Linda neigte den Kopf zur Seite und warf ihm einen neckenden Blick zu. „Also gut, es war auch für mich ein *Megaspaß*, heute mit dir hier draußen zu sein.“

„Toll.“ Der schelmische Ausdruck verschwand aus Joshuas Augen, und er schenkte ihr ein bewunderndes Lächeln, wie sie es seit Jahren bei ihm nicht mehr gesehen hatte. „Für mich auch.“

Siehst du, Joshua, hätte sie am liebsten gesagt. *Du brauchst gar keinen Papa.* „Wollen wir Mittagessen gehen?“

„Musst du heute gar nicht arbeiten?“ Joshua blieb stehen und drehte sich mit offenem Mund zu ihr um.

„Nein.“ Sie kitzelte ihn. „Heute gehöre ich dir ganz allein.“

„Wirklich?“

„Wirklich.“

Joshua sprang in die Luft und reckte die Faust, wie er es

immer tat, wenn seine Lieblings-Footballmannschaft einen Touchdown* erzielte. „Super!"

Linda lachte, und gleichzeitig traf der Klang des Lachens ihr Herz – wie ein Lieblingslied, das sie viel zu lange nicht mehr gehört hatte. Sie senkte den Kopf und grinste Joshua an. „Möchtest du Pizza oder Hotdogs?"

„Natürlich Hotdogs vom Stand neben dem Konservatorium!" Sie gingen weiter, und dieses Mal schob Joshua seine Hand in ihre. „Hey, Mama."

„Ja?" Linda strich mit dem Daumen über Joshuas Hand, und eine Erkenntnis durchzuckte sie. Das, was sie zu Joshua gesagt hatte, entsprach der Wahrheit. Der Tag mit ihm war wundervoll und tat ihr gut, es war die ideale Pause nach der langen Arbeitswoche.

„Du siehst heute besonders hübsch aus."

Linda neigte den Kopf zur Seite. „Besten Dank, freundlicher Herr." Sie fuhr sich mit den Fingern durch ihre kurzen dunklen Haare. „Das liegt bestimmt an meinem neuen Haarschnitt."

„Nein." Joshua schüttelte den Kopf. „Es liegt an der Jeans. Mamis sehen gut aus in Jeans."

❖

Sie plauderten über Jeans und die Zootiere im hinteren Teil des Parks und auch über den Tag der offenen Tür in der Schule in der kommenden Woche. Und schließlich schnitt Joshua das eine Thema an, das Linda gern vermieden hätte. Wie sehr hatte sie doch gehofft, dass es sich für ihn erledigt hätte.

* Ein Begriff aus dem American Football, bei dem eine Mannschaft sechs Punkte gewinnt, weil sie den Ball in der gegnerischen Endzone platziert hat.

Der Brief an Gott.

Er kam darauf zu sprechen, als sie noch etwa zwanzig Meter von dem Hotdog-Verkäufer entfernt waren. Joshua ließ ihre Hand los und stellte sich vor sie hin. „Mama!“ Besorgnis spiegelte sich in seinen Augen wider. „Du hast doch meinen Brief abgeschickt, oder?“

Lindas Herz blieb stehen. „Deinen Brief?“

Joshua kniff die Augen zusammen. „Den ich gestern in deine Tasche gesteckt habe. Gestern, vor der Schule.“

„Ach den.“ Linda zwang sich zu einem Lächeln. „Natürlich habe ich ihn abgeschickt.“ Sie setzte sich wieder in Bewegung, und er ging neben ihr her. „Das habe ich dir doch schon gesagt.“

„Wann hast du ihn abgeschickt?“

Die Lüge kostete Linda große Überwindung. „Gleich nach dem Mittagessen.“ Sie hielt den Blick stur geradeaus gerichtet und spazierte weiter, als wäre nichts geschehen.

„Und du hast die Adresse gefunden?“

Linda fühlte sich so klein mit Hut. „Ja, Joshua.“ Sie deutete auf den Hotdog-Stand. „Wie wäre es jetzt mit Hotdogs und Pommes?“

Joshua hüpfte ein paar Schritte vor und warf ihr über die Schulter ein Lächeln zu. „Ich war mir sicher, dass du Gottes Adresse kennst, und weißt du, warum?“

Linda versuchte, ganz entspannt zu wirken. „Warum?“

„Weil du alles weißt, Mama. Du kennst sogar Gottes Adresse.“ Er blickte den Verkäufer an. „Hotdogs sind super.“

Sie stellten sich in der Schlange an, und Linda fand ihre Stimme wieder. „Äh ... Joshua ... wegen des Briefes ...“

„Ja?“

„Was … was genau hast du Gott geschrieben?"

Joshua zog zweimal die Schultern hoch. „Ich habe ihn um etwas gebeten." Er blinzelte und blickte dann in den Himmel. Die Wolken hatten sich verzogen, und die Sonne schien auf sie herab. „Das ist ein Geheimnis. Zwischen mir und Gott."

Linda machte sich Vorwürfe, dass sie das Gespräch hatte so weit kommen lassen, aber insgeheim hatte sie gehofft, dass er ihr den Inhalt seines Briefes verraten würde. Dann hätte sie ihm ganz vorsichtig beibringen können, dass Gott ihm nicht so bald einen Vater präsentieren würde. Aber wenn Joshua ihr nicht verriet, was in dem Brief stand, dann durfte sie ihn nicht merken lassen, dass sie es bereits wusste.

Sie rückten in der Schlange vor. Joshua blickte sie erneut an. „Mama … wirst du je wieder heiraten?"

Die Frage bohrte sich wie ein Pfeil in Lindas Seele. „Nein." Ihre Antwort kam schnell und sehr bestimmt. „Nie mehr."

Joshua senkte den Blick auf seine Füße und trat nach einem Stein. Als er wieder aufsah, waren seine Augen trauriger denn je. „Wieso?"

Linda stieß einen tiefen Seufzer aus. „Weil …" Sie nahm Joshuas Hand, sah ihn an und ignorierte gleichzeitig die Leute in der Schlange vor ihnen. „Ich werde niemals jemanden finden, der mich so liebt wie du, mein Freund. Verstehst du?"

„Aber du glaubst doch noch an die Liebe, oder?"

Seine Worte trafen sie so sehr, als hätte sie jemand mit einem Stein abgeworfen. „Natürlich." Sie drückte Joshuas Hand und blickte ihn neugierig an. „Warum fragst du?"

„Weil ich einmal …" Joshua zögerte. „Einmal habe ich mitbekommen, wie du Oma gesagt hast, du würdest nicht mehr an die Liebe glauben."

„Also ..." Sie waren an der Reihe, und Linda durfte sich ihre Verblüffung nicht anmerken lassen. Sie müsste vorsichtiger sein und aufpassen, was sie in der Wohnung zu ihrer Mutter sagte. „Manchmal bin ich so traurig, dass dein Vater tot ist, und dann empfinde ich so. Aber nicht immer, okay?"

„Okay." Er lächelte sie an, doch das Funkeln von vorhin war verschwunden.

Sie kauften ihre Hotdogs, und während des restlichen Nachmittags war Linda traurig, weil Joshua ihre Äußerung über die Liebe mitbekommen hatte. Schlimmer noch, sie war traurig, weil das, was sie gesagt hatte, der Wahrheit entsprach. Sie glaubte tatsächlich nicht mehr an die Liebe, nicht eine Minute lang. Wie weit war sie gekommen seit jenem Sommer vor vielen Jahren, der schwersten Zeit ihres Lebens? Damals hatte ihr ein Junge von einer Hoffnung erzählt, aber seither hatte sie ihn nicht mehr wiedergesehen.

Und als sie am Abend im Bett lag, dachte sie nicht über Gerichtsverhandlungen oder Joshuas Einsamkeit nach oder darüber, wie es sein konnte, dass ein Mensch eines Morgens mit einem Schmerz im Nacken aufwachte und am Mittag einem Herzinfarkt erlegen und tot war. Vielmehr ließ sie zu, dass zwanzig Jahre alte Erinnerungen wie Seegras an die Oberfläche trieben, Erinnerungen, die sie vor langer Zeit begraben hatte. Und dabei spürte sie, wie sie selbst in Gedanken in der Zeit zurückwanderte, zurück zum *Tahoe-See* und zu einem Jungen namens Kade, und zu einer Liebe, die nie aufhörte.

Einer Liebe, an die sie nicht mehr glaubte.

Kapitel 4

Nachdem Linda sich nicht länger gegen die Erinnerungen sperrte, waren sie für sie wie alte Freunde und entführten sie in eine Zeit, als sie noch ein kleines Kind war.

Sie und ihr jüngerer Bruder hatten ein Leben geführt, das allen, vor allem Linda, idyllisch erschienen war. Sie hatten in einem Haus mit einem Swimmingpool in West Palm Beach gewohnt, und jeden Sommer waren sie als Familie in den Urlaub gefahren. Wenn ihr Vater nach der Arbeit nach Hause kam, legte er den Schlüssel in die Apfelschale neben dem Telefon, klatschte in die Hände und fragte dann: „Wo sind die besten Kinder der Welt?"

Als kleines Mädchen stand Linda immer am Fenster an der Vorderseite des Hauses und wartete auf ihn, und beim Klang seiner Stimme rannte sie los und sprang in seine Arme. Ihr Vater war nicht sonderlich groß, aber in ihren Augen war er der Stärkste und Größte. Einmal, als Linda sechs Jahre alt war, hatte ihr Vater ihr das Fahrradfahren im *Farlane Park* beigebracht. Er rannte neben ihr her, und als sie einen Baum streifte und umzufallen drohte, hielt er sie an der Taille fest und verhinderte, dass sie stürzte.

Er fing sie mitten im Fall auf.

Dieses Ereignis hatte Linda nie vergessen. Später, als sie älter wurde, löste ihr Bruder sie beim Rennen und Springen ab, wenn der Vater nach Hause kam, und Linda rief aus ihrem Zimmer: „Hallo, Papa, wie war dein Tag?"

Und jeden Abend kam er zu ihr und gab ihr einen Kuss auf den Kopf.

Wenn er denn nach Hause kam.

Heute war ihr klar, dass ihre Eltern häufig darüber gestritten hatten, ob ihr Vater mit anderen Frauen schlief oder heimlich mit anderen Frauen ausging, ohne dass ihre Mutter etwas davon wusste. Aber Linda und ihr Bruder bekamen davon nichts mit.

Bis zu dem Tag, an dem ihr Vater sie verließ.

Noch immer hörte sie die Stimmen ihrer Eltern, ihren Klang an jenem schrecklichen Tag. Sie hörte sie so deutlich, als stünden sie an ihrem Bett. Zuerst hatte Linda nicht glauben können, dass der Lärm von ihren Eltern kommen könnte. Sie dachte, dass ihr Vater sich vielleicht einen Film im Fernsehen anschaute. Ihr Bruder war in jenem Frühling erst sieben Jahre, und er spielte in seinem Zimmer und merkte nicht, dass die Geschichte ihres Lebens in der Küche unter ihnen gerade neu geschrieben wurde.

Linda hatte sich zum Treppenabsatz geschlichen und gelauscht. Das war der Augenblick, als ihr klar wurde, dass die lauten, zornigen Worte nicht zu einem Film im Fernsehen gehörten, sondern von ihren Eltern kamen. Von ihren Eltern, die sich niemals anschrien. Linda spürte, wie sie leichenblass wurde. Sie hockte sich auf den Boden, legte die Arme um ihre Knie und konzentrierte sich auf das, was gesprochen wurde.

„Verschwinde, und zwar sofort! Und wag es bloß nicht, wieder zurückzukommen!" Diese Worte kamen von ihrer Mutter, und sie erschreckten Linda zutiefst. *Verschwinde? Was soll das denn heißen?* Ihr Vater war doch gerade erst von der Arbeit nach Hause gekommen, und sie hatten noch nicht einmal zu Abend gegessen. Er wäre doch nie jetzt noch mal fortgegangen.

„Ich wollte das nicht, jedenfalls nicht so." Die Stimme ihres Vaters war nicht besonders laut gewesen, aber sie klang sehr zornig. „Du bist diejenige, die angerufen hat."

„Natürlich habe ich angerufen." Die Stimme ihrer Mutter wurde lauter. „Ich finde eine Rechnung für Rosen in deiner Manteltasche, obwohl du mir in den letzten fünf Jahren keine Rosen mehr geschenkt hast. Da ist es doch nur logisch, dass ich dort anrufe, Paul. Und der Florist war mehr als bereit, mir den Namen deiner Freundin zu nennen, also gib ihm die Schuld."

„Okay, ja, ich habe eine Freundin. Was willst du jetzt machen?"

„Nein, Paul, was willst du jetzt tun?" Ihre Mutter klang außer sich, verzweifelt.

„Nichts." Das Wort klang wie eine Explosion unten in der Küche. „Es gibt nichts, das ich jetzt noch tun kann."

„Doch, das kannst du! Du kannst ihr sagen, dass es vorbei ist, dass wir eine Therapie machen und versuchen, unsere Schwierigkeiten zu überwinden. Du kannst ihr sagen, dass du eine Familie hast."

„Nein, Terri. *Du* hast eine Familie. Ich habe einen Job und eine Hypothek und Rechnungen, die bezahlt werden müssen. Die Kinder kennen mich kaum."

Linda umklammerte das Treppengeländer und schloss die Augen. In ihrem Kopf drehte sich alles, und ihr war schrecklich übel. Was hatte ihr Vater da gesagt? Natürlich kannten sie ihn. Wann immer er zu Hause war, lasen sie gemeinsam Bücher, gingen spazieren und …

In diesem Augenblick traf sie die Erkenntnis wie ein Blitz aus heiterem Himmel. Seit Weihnachten war ihr Vater tatsächlich nur noch ganz selten zu Hause gewesen. Ab und zu hatte sie mitbekommen, dass ihre Mutter eine Bemerkung darüber machte, aber sie hatte nie so herumgeschrien wie jetzt. Linda hatte sich nichts dabei gedacht. Ihr Vater arbeitete in einer Bank und war sehr beschäftigt, manchmal musste er eben bis spätabends arbeiten. Das war alles. Oder?

Ihre Mutter begann zu weinen. Es war ein lautes, jammerndes Weinen, wie Linda es noch nie gehört hatte. „Vergiss das Mädchen, Paul. Ich kann es, wenn du es kannst." Sie schrie, geriet in Panik, und der Klang ihrer Stimme verursachte bei Linda Herzrasen. „Verlass uns jetzt nicht, bitte, Paul. Denk doch an die Kinder!"

Dann verstummten das Geschrei, das Weinen und die zornigen Worte. Die Stimme ihres Vaters war wieder ruhig, und er sagte nur drei Worte, die letzten Worte, die Linda von ihm hörte.

„Auf Wiedersehen, Terri."

Das war's. Er ging auf die Bitte ihrer Mutter nicht ein und zog auch nicht in Betracht, mit seiner Freundin Schluss zu machen, wer auch immer sie war. Keinen letzten Gruß an die Kinder, kein Wort der Sorge um Linda und ihren Bruder. Nur: „Auf Wiedersehen, Terri."

Linda hatte den Atem angehalten, als sie hinunter in den Flur schaute und ihrem Vater nachblickte, der das Haus verließ. Noch immer sah sie ihn vor sich, wie er mit einem einzigen Koffer in der einen Hand, seiner Aktentasche in der anderen in seinem guten Anzug an der Tür stand. Einen letzten Blick ließ er durch das Wohnzimmer schweifen, dann drehte er sich um, verließ das Haus und zog die Tür hinter sich ins Schloss.

Zuerst hatte Linda gedacht, dass das irgendein schlechter Scherz oder vielleicht ein schlimmer Albtraum sei. Der Vater einer ihrer Mitschülerinnen hatte die Familie am Neujahrstag verlassen. Da war sie in der dritten Klasse gewesen. Und ein paar Jahre später brannte Sheila Wagners Mutter mit dem Konrektor der Schule durch.

Aber nie, nicht in ihren kühnsten Träumen, hätte Linda gedacht, dass so etwas ihrer Familie widerfahren könnte. Schließlich besuchte ihre Familie sonntags den Gottesdienst und betete vor jedem Abendessen, und die Bibel lag auch unten im Wohnzimmer auf dem Couchtisch.

Väter ließen ihre Familien nicht einfach so im Stich, oder?

Linda hatte ihre Ängste heruntergeschluckt, und in den ersten beiden Tagen verlor sie kein Wort über das, was sie oben am Treppenabsatz belauscht und beobachtet hatte. Aber am dritten Tag nahm ihre Mutter sie beiseite und erzählte ihr mit tränenerstickter Stimme die traurige Wahrheit. Ihr Vater war fort, und bis er wieder nach Hause käme, wären sie auf sich allein gestellt. Ihr Bruder war noch zu klein, um zu begreifen, was geschehen war. Ihre Mutter sagte ihm nur, sein Papa werde eine Zeit lang nicht nach Hause kommen.

Zurückblickend dachte Linda, dass sich ihre Mutter in den folgenden Monaten tatsächlich an diese Vorstellung geklammert hatte – dass ihr Vater eines Tages wieder nach Hause käme. Doch dann, im Juni, war irgendetwas geschehen, und seit diesem Tag wartete Lindas Mutter nicht mehr noch lange nach Einbruch der Dunkelheit darauf, dass der Wagen ihres Vaters in die Einfahrt einbog.

Gleich am ersten Ferientag setzten sie sich in den Kombi, um zum *Tahoe-See* zu fahren, wo Tante Peggy wohnte. Als einzige Erklärung wurde Linda und ihrem Bruder gesagt, dass sie alle eine Auszeit bräuchten.

Vier Tage später kamen sie bei Tante Peggys Haus am See an. Ihr Bruder tummelte sich bereits im Swimmingpool, noch bevor sie das Auto ausgeladen hatten. An diesem ersten Tag hockte sich Linda in die hinterste Ecke des Wohnzimmers und tat so, als würde sie ein Buch lesen. Doch eigentlich belauschte sie ihre Mutter und Tante Peggy, die sich über ihren Vater unterhielten. Es ging um Geld, das er schickte, und irgendwelche Papiere, die er ihr hatte zukommen lassen.

„Wenigstens zahlt der Schuft dir Unterhalt", meinte Tante Peggy. Ihr Blick wanderte zu Linda. „Linda, Schatz, geh doch nach draußen und spiel ein wenig mit deinem Bruder."

In den vergangenen zwei Monaten hatte Linda ständig unter Übelkeit gelitten, und als ihre Tante vorschlug, sie solle nach draußen gehen, kam sie dem Vorschlag nur zu gern nach. Sie verstand nicht so genau, worüber ihre Mutter und Tante Peggy redeten, aber es musste etwas Schlimmes sein, das mit ihrem Vater zu tun hatte. Und tief in ihrem Inneren wusste Linda, dass er nicht mehr nach Hause käme, vielleicht nie mehr.

Sie ging nach draußen, vorbei an ihrem Bruder, der im Schwimmbecken planschte, und lief durch einen Kiefernwald hinunter zum Strand. Es war ein privater Strandabschnitt, der nur von den Bewohnern der Häuser in Tante Peggys Nachbarschaft genutzt wurde. Linda zog ihre Schuhe aus und wanderte am Strand entlang, bis sie einen umgestürzten Baumstamm entdeckte. Darauf ließ sie sich nieder, starrte auf das Wasser und dachte nach.

Warum hatte ihr Vater sie im Stich gelassen, und wo war die Liebe geblieben? Gab es überhaupt wahre Liebe? Wie konnte es sein, dass Menschen wie ihre Eltern sich trennten? Und was war mit ihr und ihrem Bruder? Seit ihr Vater fortgegangen war, hatte er sie weder angerufen noch besucht. Nicht ein einziges Mal. Warum also sollte sie erwachsen werden und heiraten, wenn am Ende doch alles in die Brüche ging?

Wenn nur ihr Vater wieder nach Hause käme! Dann würde sie wissen, dass es doch wahre Liebe gab und dass Gott Gebete erhörte.

„Wo bist du, Papa?“ Ihre geflüsterte Frage wurde von der leichten Brise, die vom See herüberwehte, fortgetragen. Aber eine Antwort bekam sie nicht.

Tränen stiegen ihr in die Augen, aber sie blinzelte sie schnell fort. Sie weinte nur, wenn sie allein war und niemand sie sah. Außerdem war jetzt einfach nicht der richtige Zeitpunkt für Tränen. *Ich vermisse dich.* Sie blickte hinauf in den Himmel zu einem Ort, von dem sie gar nicht genau wusste, ob er existierte. *Ich möchte, dass er nach Hause kommt und mir einen Kuss auf den Kopf gibt, wie er es früher immer getan hat. Gott, du kannst doch Wunder tun. Bitte lass dieses Wunder jetzt für mich geschehen.*

Während sie noch eine Weile dort sitzen blieb, wurde ihr etwas klar. Die tägliche Routine, wenn ihr Vater abends nach Hause kam und ihr und ihrem Bruder seine Aufmerksamkeit schenkte, hatte ihr das Gefühl gegeben, sicher und beschützt zu sein. Ohne ihn fühlte sich Linda jetzt, als würde sie im freien Fall und ohne Fallschirm in die Tiefe stürzen.

Sie wollte gerade wieder zum Haus ihrer Tante zurückkehren, als etwas ihre Aufmerksamkeit fesselte. Ein Junge, etwa in ihrem Alter, ging mit einem weißen Labrador am Strand spazieren. Der Junge hatte sie bereits bemerkt, und bevor sie die Flucht ergreifen konnte, winkte er und kam auf sie zu.

„Hallo." Er blieb vor ihr stehen. „Du musst neu hier sein."

Linda zuckte die Achseln und gab sich gleichgültig. Der Junge hatte klare blaue Augen. Irgendwie hatte sie das Gefühl, ihn schon seit Ewigkeiten zu kennen. Sie räusperte sich. „Nur zu Besuch."

„Wir auch. Mein Opa wohnt hier. Wir kommen jedes Jahr im Juni her." Er setzte sich mit einem gewissen Abstand neben sie auf den Baumstamm. „Ich heiße Kade."

„Ich bin Linn."

Er zögerte kurz, und ein Lächeln umspielte seine Lippen. „Also gut, Linn, sag mir eines: Wenn du im Urlaub hier bist, warum sitzt du dann auf diesem Baumstamm und bläst Trübsal, als würde die Welt untergehen?"

Aus irgendeinem Grund fühlte sich Linda in der Gegenwart des Jungen sicher. Sie neigte den Kopf zur Seite und spürte, dass sie ihm gegenüber ehrlich sagen konnte, was sie bewegte. „Weil es so ist."

Kades Lächeln erlosch. „Möchtest du darüber reden?"

Und Linda erzählte ihm alles.

In der folgenden Woche traf sie sich immer wieder mit Kade am Strand. Sie redeten über alles Mögliche, über den Sinn des Lebens, über Kades Leidenschaft für Baseball und seinen Traum, in einer der großen Baseballmannschaften zu spielen. Wann immer sie auf Lindas Vater und ihre Situation zu sprechen kamen, versicherte ihr Kade, dass wahre Liebe niemals aufhöre und dass es diese Liebe tatsächlich gebe. Es gebe Hoffnung. Immer.

Kades Vater war Pastor einer kleinen Gemeinde in Henderson im Bundesstaat Nevada, ganz in der Nähe von Las Vegas. Sein Vater war der Meinung, in einer Stadt, die den Spitznamen „Stadt der Sünde" trägt, sei es wichtig zu wissen, was wahre Liebe sei.

„Aber was ist, wenn die Liebe stirbt? Wie bei meinen Eltern?" Linda und Kade wanderten am Strand entlang, und ab und zu berührten sich ihre Arme.

„Vielleicht war das keine wahre Liebe." Kade blieb stehen und hob einen flachen Stein vom Sand auf. Er ließ ihn über das Wasser hüpfen und drehte sich zu ihr um. „Ich meine die Liebe, die in der Bibel beschrieben wird. Die Liebe, von der Jesus spricht."

Das war auch so eine Sache. Linda war noch nie einem Jungen in ihrem Alter begegnet, der sich so gut in der Bibel auskannte. Nicht dass er immerzu darüber geredet hätte. Eigentlich spielten sie die meiste Zeit Frisbee oder schwammen im Pool ihrer Tante oder planschten im See. Eines Tages fand sie ein Dutzend hellvioletter Azaleen, die neben einem Gebüsch am Strand blühten.

„Hier." Sie pflückte die schönste Blüte und reichte sie Kade. „Damit du dich an mich erinnerst."

„Danke." Ein Lächeln spielte um seinen Mund, und seine Augen funkelten. „Ich lege sie in meine Bibel und hebe sie auf."

Sie neckten sich und lachten und spielten Verstecken zwischen den Kiefern am Strand. Jeden Nachmittag, wenn die Sonne über dem See tiefer sank, setzten sie sich auf den umgestürzten Baumstamm, und Kade erzählte Linda von der Liebe Gottes und seinem Plan für ihr Leben. Seine Worte klangen nicht wie die eines fünfzehnjährigen Jungen.

An einem Nachmittag zog Linda die Augenbrauen zusammen und musterte ihn eingehend. „Und du bist sicher, dass du nicht ein Engel oder so etwas bist?"

„Ja, das bin ich." Kade warf den Kopf in den Nacken und lachte schallend. „Ein Engel, der unglaublich schnell einen Baseball werfen kann und eine gute Trefferquote als Schläger hat."

Sie zog scharf die Luft ein. „Ich meine es ernst, Kade. Wieso weißt du so gut über die Liebe Bescheid?"

„Das habe ich dir doch gesagt." Sein Gesicht war von der Sonne gebräunt, seine Augen funkelten, und in seiner Stimme schwang Fröhlichkeit mit. „Mein Vater ist Pastor, Linn. Die Bibel ist wie ..." Er starrte auf das Wasser. „Sie ist wie die Luft in unserem Haus. Sie durchdringt alles."

„Und in der Bibel ist von der Liebe die Rede?"

Linda wusste nichts über die Bibel, wirklich nicht. Sie lag zwar auf dem Couchtisch, und als kleines Mädchen war sie mit ihren Eltern ab und zu zum Gottesdienst gegangen, aber in den vergangenen Jahren nicht mehr. Und erst recht nicht mehr, nachdem ihr Vater sie verlassen hatte.

Kade zog ein Bein an und sah sie an. „In der Bibel ist viel von Liebe die Rede. Dass sie freundlich ist und niemals enttäuscht."

An ihrem letzten gemeinsamen Nachmittag fragte Linda ihn nach etwas, das sie bisher nie richtig verstanden hatte. „Ich würde ja gern glauben, Kade. An die Liebe ... an Gott ... an all das." Sie senkte den Blick und betrachtete ihre Hände. „Aber ich fürchte, ich weiß nicht, wie das noch geschehen kann."

Kade rutschte näher an sie heran und nahm ihre Hand. „Dann brauchst du ein Wunder, Linn. Damit eines Tages alles, worüber wir gesprochen haben, in deinem Leben tatsächlich geschieht."

„Ein Wunder?"

„Ja." Er rutschte noch näher an sie heran und umklammerte ihre Hand. „Schließ die Augen. Ich werde dafür beten."

Dass Kade ihre Hand hielt, verursachte ein seltsames Kribbeln in ihrem Bauch. Kade bat Gott um ein Wunder für sie und dass ihr Vater wieder nach Hause käme und sie eines Tages die Liebe kennenlernen würde, die nie aufhörte, egal was sonst geschah oder nicht geschah.

Dann vereinbarten sie, sich jeden Juni auf dem umgestürzten Baumstamm am Strand zu treffen, solange ihre Familien zum *Tahoe-See* kämen. Bevor Linda ging, umarmte Kade sie und hauchte ihr einen Kuss auf die Wange. „Ich werde für dich beten, Linn. Jeden Tag. Und dafür, dass du dein Wunder bekommst." Er lächelte sie traurig an. „Wir sehen uns irgendwann."

Als sie, ihre Mutter und ihr Bruder am folgenden Tag nach Hause fuhren, war sich Linda über ihre Gefühle nicht ganz im Klaren. Kade zu verlassen fiel ihr unglaublich schwer, aber neue Hoffnung erfüllte ihr Herz, eine Hoffnung, die sie vor der Reise nicht gehabt hatte. In der vergangenen Woche war ihr einiges klar geworden. Erstens, dass Gott real war, und zweitens, dass er ihr das Wunder schenken würde, für das sie gebetet hatten. Dass sie eines Tages diese Liebe kennenlernen würde, die nicht abends vor dem Abendessen einfach durch die Haustür verschwand. Eine Liebe, die nie aufhörte.

Kapitel 5

Casey zog die Rollos hoch und starrte hinauf in den Himmel, der zwischen den Gebäuden zu sehen war, die neben seinem Wohnhaus in die Höhe ragten. Schon wieder Regen. Kalter, peitschender Regen. Er trat vom Fenster zurück, durchquerte sein Wohnzimmer und suchte seine Joggingschuhe. Regen war gut. Sauber, ehrlich und einfach – dann gab es für Casey nur noch ihn und die Luft, die er atmete. Außerdem öffnete das Café sowieso erst in einer Stunde, und im Augenblick gab es nichts, was er lieber täte, als im Dunkeln durch die Straßen von New York zu laufen.

Weder Regen, Graupel noch Schnee könnten ihn davon abhalten, durch den Park zu joggen.

Drei Tage waren vergangen seit seinem Hochzeitstag, und noch immer war Casey in der Vergangenheit gefangen. Es war wirklich verrückt, dass ein Datum einen solchen Strudel an Erinnerungen und Sehnsüchten in ihm auslösen konnte. Hochzeitstage, Geburtstage, der Valentinstag, Weihnachten – Auslöser war jeder Tag, den er mit Amy verbracht hätte.

Draußen auf dem Bürgersteig würde er sich frei fühlen, wie immer. Beim Joggen hatte Casey Gelegenheit, über das Leben nachzudenken – im überfüllten Café oder in der Enge seiner Wohnung, wo ihn jeder Quadratzentimeter an Amy erinnerte, war das nicht möglich.

Er band seine Schuhe zu und spürte, dass die Last auf seinen Schultern leichter wurde, so als ob der Berg der Trauer und des Bedauerns, unter dem er lebte, in seiner Wohnung zurückbleiben könnte. Er lief die drei Stockwerke durch das alte Treppenhaus hinunter, das sich in der Mitte des Wohngebäudes befand, und schon stand er draußen auf der Straße. Eine Windbö traf ihn ins Gesicht und besprühte seine Wangen mit Regen. Es war viel kälter, als er gedacht hatte, aber die Luft war sauber, und Casey atmete dreimal tief ein, bevor er sich in Bewegung setzte.

Fünf Minuten später trat ein, was immer geschah, wenn er joggte. Die Geräusche der erwachenden Stadt verschwanden immer mehr, und Casey gewann Zutritt zu einer Welt, in der Amy noch bei ihm war und die Erinnerungen an sie wieder lebendig waren. Eine Welt, in der er einen Blick erhaschen konnte auf den Ort, wo sie und ihr Sohn jetzt lebten, wo der Schmerz seines Lebens gedämpft war – wenn auch nur für eine Stunde.

In den vergangenen zwei Jahren hatte er so intensiv trainiert, dass er im kommenden Frühjahr an einem Marathonlauf teilnehmen würde. Warum auch nicht? Irgendwie würde er die Kilometer schon hinter sich bringen. Außerdem hatte er damit einen Vorwand, noch häufiger zu joggen. Er konnte Billy-G und den Stammgästen im Café erzählen, dass er trainierte. Dann musste er ihnen nicht sagen, dass er die Zeit brauchte, um seine Vergangenheit noch einmal zu durchleben oder darüber nachzudenken, was er an jenem schrecklichen Tag hätte anders machen können, wie er vielleicht Amy und das Baby hätte retten können.

Er musste einfach so viel laufen, um sich auf den Wettkampf vorzubereiten.

Seit Samstag gestattete er sich während des Joggens einen ganz seltenen Luxus: Er kehrte zum Anfang zurück, zu der Zeit, als er und Amy sich kennengelernt hatten. Casey strich sich mit seiner behandschuhten Hand über das Gesicht und wischte den Regen von seiner Stirn. Dieses Zurückgehen zum Anfang war gefährlich. Er durfte es sich nicht zu häufig gestatten. Denn wenn er es tat, wurde der Klang ihrer Stimme, das Gefühl ihrer Hand in seiner von Mal zu Mal lebendiger. Berauschend lebendig.

Und jedes Mal war es schwieriger, den Weg ins reale Leben zurückzufinden.

Aber in diesem Augenblick, an diesem regnerischen Dienstagmorgen, war es Casey egal. Ein weiteres Mal könnte nicht schaden. Außerdem waren Erinnerungen alles, was ihm noch geblieben war, alles, was er je haben würde. Und sie waren wertlos, wenn er sich ihnen nicht dann und wann hingab.

Er bog nach rechts ab und rannte in Richtung *Central Park*. Hier gab es jetzt keine Taxifahrer mehr, die Ausschau nach frühen Fahrgästen hielten. In seinen Gedanken war er jetzt wieder in Port-au-Prince auf Haiti, mit hochgerollten Ärmeln und Schweißtropfen auf seiner Stirn.

Seit der Highschool hatte Casey gewusst, was er im Leben tun wollte. Er hatte nicht die Absicht, Pastor oder Arzt zu werden oder etwas zu tun, das sich seine Eltern für seine Zukunft vorstellten. Er wollte Betriebswirtschaft studieren und etwas ganz anderes machen. Seine Arbeitszeiten wollte er selbst bestimmen, und er wollte sein eigener Chef sein und mit den unterschiedlichsten Menschen zusammenkommen. Irgendwann würde er ein nettes Mädchen kennenlernen, heiraten und ein Leben wie seine Eltern führen.

Doch zuerst würde er auf Reisen gehen.

Einen Monat nach seinem Highschoolabschluss hatte er drei Angebote für ein Stipendium abgelehnt und war nach Haiti gereist, wo er für ein Jahr als Fahrer für ein Waisenhaus tätig sein wollte. Ihm wurden nur die Unterkunft und Verpflegung bezahlt, ein weiteres Gehalt bekam er nicht, aber in dieser Zeit lernte er mehr über das Leben, als er in einem Dutzend College-Kursen gelernt hätte.

Er fuhr einen zwanzig Jahre alten Pick-up mit ausgebesserten Kotflügeln, dessen Motor nur ansprang, wenn er Lust dazu hatte. Zuerst machte Casey der Zustand der Straßen Angst. Jeder fuhr, wie er gerade wollte, ohne dass klare Verkehrsregeln zu erkennen gewesen wären, und die Leute drückten genauso häufig auf die Hupe, wie sie aufs Gaspedal traten. Straßenverkäufer tummelten sich auf den Wegen, und an jeder Kreuzung rannten mit Lumpen und Spritzflaschen bewaffnete Kinder zwischen die Autos und hofften, sich ein wenig Geld zu verdienen, indem sie die schmutzigen Windschutzscheiben der Autos putzten.

Die Mahlzeiten bestanden aus Reis und Bohnen und gelegentlich einem mageren Hühnerbein. Auf Haiti gab es kein tiefgefrorenes Fleisch, nur wenige Duschen, und heißes Wasser kannte man gar nicht. Jeder Moskitostich konnte Malaria übertragen. Tagsüber, wenn Casey durch die Straßen von Port-au-Prince fuhr, fiel er nicht nur deswegen auf, weil er der einzige Amerikaner war, sondern er war häufig auch der einzige Weiße inmitten von Tausenden Menschen, die sich auf der Hauptverkehrsstraße drängelten. Caseys Kreolisch reichte aus, um zu sagen: „Ich bin hier, um die Vorräte abzuholen“ und „Ich komme nächste Woche wieder“. Obwohl er auch ein paar andere wichtige Sätze konnte, erschien ihm die Sprachbarriere so hoch wie die Chinesische Mauer. Nachts huschten Ratten über den Boden des Waisenhauses, und manchmal befürchtete er fast, sich niemals einleben zu können.

Doch nach einem Monat in Port-au-Prince fühlte sich Casey wohler. Die misstrauischen Blicke, die ihm die Menschen auf den Straßen zuwarfen, bemerkte er nicht mehr, und den Verkehr empfand er jetzt irgendwie als belebend. Wenn er die Menschen anlächelte, begegneten sie ihm freundlich. Seine Aufgabe war es, Vorräte abzuholen, die Kinder zu unterschiedlichen Terminen zu chauffieren und das Evangelisationsteam zu unterstützen, wenn sie an den Straßenecken von Gott erzählten.

Am Ende des ersten Jahres verpflichtete sich Casey für ein weiteres Jahr.

„Was ist mit dem College?" Sein Vater machte sich Sorgen, aber längst nicht so sehr wie seine Mutter.

„Bist du verrückt geworden?" Angst lag in ihrer Stimme. „Die Universitäten warten nicht ewig auf dich."

Darüber machte sich Casey keine Gedanken, das würde schon alles gut gehen. Nach wie vor war er gut in Form, und er joggte vier Mal pro Woche durch die hügeligen Seitenstraßen in den Außenbezirken von Port-au-Prince.

Nachdem die erste Hälfte seines zweiten Jahres vorbei war, kam eine Jugendgruppe aus der Highschool in den Frühjahrsferien zu einem Arbeitseinsatz in das Waisenhaus. Casey hatte auf dem Rücken in der Einfahrt gelegen und am Auspuff des Pick-ups gearbeitet, als die Schüler durch das hohe Sicherheitstor traten. Er hielt inne und beobachtete die jungen Leute.

Und da sah er sie.

Sie stand am Ende der Reihe und hörte einem der Betreuer zu, der ihnen etwas über das Waisenhaus erzählte. Casey wagte einen zweiten Blick. Noch während er sie von oben bis unten musterte, spürte er, wie es ihm die Kehle zuschnürte. Sie war nicht auffallend hübsch im herkömmlichen Sinne. Ihre Haare hatten keine blonden Strähnen, und sie hatte auch kein Make-up aufgelegt. Sie war auf eine einfache Weise schön, so wie wilde Blumen auf einer unberührten Bergwiese. Caseys Hand erstarrte, der Schraubenschlüssel schwebte wenige Zentimeter über seiner verschwitzten Stirn. Obwohl sie sich noch gar nicht kannten, hatte doch etwas in ihren hellbraunen Augen dafür gesorgt, dass sie einen Platz in seinem Herzen sicher hatte.

❖

Casey rannte etwas schneller und ignorierte den Schrei seiner Beine nach einer Ruhepause. Der Schmerz in den Muskeln tat gut, gerade in diesem Augenblick. Er blinzelte und gab sich weiter seinen Erinnerungen hin.

Sie hieß Amy Bedford. Bis zum Abend hatte Casey so viel über sie herausgefunden, dass er seinen ersten Eindruck bestätigt sah. Amy war ganz natürlich und schien in ihren Ansichten und ihrer Einstellung zum Leben ihren sechzehn Jahren weit voraus zu sein. Als jüngstes von fünf Mädchen wohnte sie mit ihrer Familie in Oregon, ihr Vater war Biologielehrer an einer kleinen öffentlichen Highschool und ihre Mutter Hausfrau. Amys Schwestern studierten bereits an der Uni und strebten an, Karriere zu machen und sich einen Job zu suchen, bei dem sie mehr verdienten als ein Lehrer.

Aber Amy war ganz anders.

„Mein Vater ist der beste Mensch, den ich kenne", erzählte sie Casey an diesem Abend. „In seinem Leben hat er viele Herzen berührt. Das möchte ich auch." Sie stützte ihre Ellbogen auf den alten Holztisch auf. „Was ist mit dir?"

„Nun …" Er umklammerte die Bank, auf der er saß, und richtete sich auf. „Ich möchte ein Café eröffnen."

„Ein Café?"

„Ja." Er nickte nachdenklich. „Dann bin ich mein eigener Chef, kann meine Arbeitszeiten selbst bestimmen, und ich lerne jeden Tag neue Leute kennen." Die Aussicht stimmte ihn fröhlich. „Ich denke schon eine ganze Weile darüber nach."

„Wow. Ich habe noch nie einen Menschen kennengelernt, der ein Café eröffnen wollte."

Sie schwiegen eine Weile. „Meine Eltern sind nicht gerade begeistert von der Idee."

Sie lächelte und erwiderte etwas darauf, das Casey für den Rest seines Lebens nicht vergessen würde. „Eines Tages möchte ich dort essen. In deinem Café."

Casey konnte nicht genau sagen, ob es die Tatsache war, dass sie an seine Träume glaubte, oder die Ernsthaftigkeit in ihrer Stimme oder die Art, wie ihre Haut an dem heißen, feuchten Abend schimmerte, doch mit jeder Stunde spürte er, wie er sich mehr in sie verliebte. Die Woche verging, während sie gemeinsam die Küche des Waisenhauses strichen und sich abends bis spät in die Nacht unterhielten. Der Altersunterschied zwischen ihnen betrug drei Jahre, aber Casey bemerkte es gar nicht. Amy war so aufrichtig wie das Lächeln eines Waisenkindes, arglos und konnte ihre Meinung sagen. Sie weckte in Casey den Wunsch, seine Arme um sie zu legen und sie zu beschützen vor

Kälte und Zynismus, vor allem, was die Wärme ihres Lächelns dämpfen könnte.

Nachdem die Küche gestrichen war, machten sie sich an den Schlafsaal, in dem zweiundzwanzig Waisenkinder auf schmalen Metallpritschen schliefen.

„Wir sollten die Tür rot streichen“, schlug Amy vor.

„Rot?“ Casey verzog das Gesicht und bespritzte sie mit seinem Pinsel. „Warum rot?“

„Weil“, sie tippte ihm mit ihrem Pinsel auf die Nasenspitze, „Rot die Farbe des Schenkens ist.“

Und so strichen sie die Tür zum Schlafsaal der Waisenkinder rot.

An Amys letztem Abend in Port-au-Prince fragte Casey, ob er ihr schreiben dürfe.

„Ja.“ Sie saßen auf einer Bank im Hof des Waisenhauses, es war kurz vor Mitternacht, und die Nachtluft war drückend. Kein Geräusch war zu hören außer einer Trommel in der Ferne. Sie senkte den Kopf und blickte ihn dann an. „Darüber würde ich mich freuen.“

Er hätte sie gern geküsst, aber das wagte er nicht. Schließlich war er Mitarbeiter, und sie war eine Schülerin und noch dazu minderjährig. Casey schluckte und versuchte zu ignorieren, dass ihre Schultern sich berührten. Mit leiser Stimme fragte er: „Weißt du was, Amy?“

„Was?“ Sie lehnte sich an die verfallene Fassade des Waisenhauses und sah ihn erneut an.

„Diese Woche hat mir sehr gefallen.“

„Mir auch.“

„Ich ... also, ich werde dich vermissen.“

Sie nickte, und ihre Augen schimmerten feucht. „Ich muss

jetzt gehen. Unsere Betreuer möchten, dass wir um 23 Uhr im Bett liegen."

„Ich weiß." Er lächelte, damit sie nicht merkte, wie schwer ihm der Abschied fiel. Bei Sonnenaufgang am nächsten Tag wären sie bereits fort, und es war durchaus möglich, dass er sie nie wiedersah. „Pass auf dich auf!"

„Und sieh du zu, dass du dein Café in Gang bringst." Ihr Kinn bebte, und sie zögerte kurz, bevor sie wieder Luft holte. Dann griff sie in die Tasche ihrer Jeansshorts und holte einen gefalteten Zettel hervor. „Hier." Sie drückte ihn Casey in die Hand. „Ich habe ein wenig Kreolisch geübt."

Er wollte ihn auffalten, doch sie schloss seine Finger um den Zettel, bevor er ihn lesen konnte. „Wenn ich weg bin." Sie wich ein paar Schritte zurück, drehte sich um und rannte leichtfüßig die Stufen hoch. Als die Tür hinter ihr ins Schloss fiel, faltete Casey den Zettel auf. Drei Wörter standen darauf.

Me reme ou. Ich liebe dich.

Kapitel 6

Casey hatte bereits sechseinhalb Kilometer zurückgelegt – mehr als seine übliche Route. Aber an diesem Tag war die Vergangenheit so lebendig. Er wäre bis nach Kalifornien gerannt, wenn er dadurch in seinen Erinnerungen hätte verweilen können.

Und so joggte er weiter, mit langen und gleichmäßigen Schritten, den Blick stur geradeaus gerichtet.

Me reme ou.

Noch immer sah er die Worte vor sich, die Buchstaben, die Amy auf den Zettel geschrieben hatte. Diese drei Wörter und das, was sie bedeuteten, waren in sein Herz eingedrungen. Sie gaben ihm die Gewissheit, dass er sie wiedersehen würde, irgendwann und irgendwie. Im Laufe der folgenden sechs Monate schrieben sie einander viele Briefe und im folgenden Sommer meldete sich Casey an der *Oregon State Universität* (OSU) an. Zu Semesterbeginn würde er nach Corvallis umziehen.

Er hatte sich die Universität einmal kurz angeschaut und sich bei der Gelegenheit auch mit den Trainern der Leichtathletikmannschaft getroffen. Das Joggen in den Hügeln von Port-au-Prince hatte sich ausgezahlt, denn er bekam ein Vollstipendium angeboten. Casey war begeistert, aber zu dem Zeitpunkt wusste er bereits eines ganz sicher: Seine Zukunft lag nicht im Wettlauf, Weitsprung oder Kugelstoßen.

Sie lag in der Wirtschaft.

Die OSU war genau das, was er suchte – eine ausgezeichnete Wirtschaftsschule, und er bekam ein volles Stipendium. Aber es gab noch einen anderen Grund, der für diese Uni sprach.

Amy Bedfords Elternhaus lag nur zwanzig Autominuten entfernt.

Caseys Eltern wussten nichts von seiner Zuneigung zu Amy, weil Casey sich seiner Gefühle noch nicht sicher gewesen war. Obwohl sie einander Briefe geschrieben hatten, kam ihm die Woche auf Haiti rückblickend vor wie ein Traum, so unwirklich wie fast sein ganzer Aufenthalt dort.

Nachdem er sich an der Uni eingeschrieben hatte, kehrte er zu seinen Eltern zurück, setzte sich eines Abends mit ihnen zusammen und informierte sie über seine Pläne.

„Ich … ich dachte, du würdest an einem christlichen College studieren, Casey." Seine Mutter presste die Lippen zusammen. „Du bist so lange fort gewesen, und jetzt … jetzt willst du wieder weggehen."

Sein Vater verschränkte die Arme. „Deine Mutter hat recht, Junge. An einer Universität wie der OSU kannst du nicht viel über Gott lernen."

Jetzt war der Augenblick der Wahrheit gekommen, und Casey umklammerte seine Knie. „Papa …" Er suchte den Blick seines Vaters. „Ich kenne Gott doch bereits." Für einen Moment war es ganz still im Raum. „Vielleicht ist es an der Zeit, dass ich etwas über die Menschen lerne."

Am Ende waren seine Eltern mit seinen Plänen einverstanden. Wo konnte er seinen Glauben besser leben als in der realen Welt? Trotz ihrer Vorbehalte sicherten sie Casey ihre volle Unterstützung zu.

„Sei vorsichtig", warnte seine Mutter ihn am Abend vor seiner Abreise. „Im Nordwesten sind die Menschen sehr liberal, und die Mädchen ... also ... sie haben nicht dieselben Wertmaßstäbe, die du von zu Hause kennst."

Casey musste ein Lächeln unterdrücken. „Ich passe auf mich auf, Mama."

Er hatte nur ein Mädchen im Sinn. Im September, einige Stunden nach seinem ersten Tag an der Uni, trafen sie sich in einem Café in der Nähe des Campus wieder. Amy war inzwischen siebzehn geworden und besuchte die letzte Klasse der Highschool. In dem Augenblick, als sie durch die Tür des Lokals trat, wusste Casey, dass seine Gefühle für sie nicht irgendein verrückter Traum waren. Sie durchquerte den Raum und ging vorbei an den anderen Tischen. Selbst aus zehn Metern Entfernung bemerkte Casey, dass ihre Augen funkelten. Als sie sich an den Tisch setzte, ergriff er ihre Hände und rang um Worte. „Es gibt etwas, das ich dir sagen muss, etwas, das ich nicht im Brief schreiben konnte."

Amy war neugierig, gleichzeitig zögerte sie aber, und ihre Augen funkelten nicht mehr so stark. „Ist gut." Sie musterte ihn. „Sag es mir."

Er wartete einen Augenblick, bis er seine Stimme wiedergefunden hatte. *„Me reme ou."*

Nun gab es für beide kein Zurück mehr. Im folgenden Herbst besuchte Amy ebenfalls die OSU, und vier Jahre später heirateten sie und zogen aus dem Nordwesten fort. Sie mieteten eine kleine Wohnung in Manhattan, und Casey bekam die Chance, das Café zu eröffnen, von dem er immer geträumt hatte.

„Das ist perfekt, Casey." Wann immer sie darüber redeten, leuchteten Amys Augen auf. „Lass es uns wagen."

Für seine Eltern war *Casey's Corner* eine verrückte Idee, aber nicht für Amy. Sie bekam eine Stelle an einer örtlichen Vorschule und unterstützte Casey, als er den Kredit aufnahm, den er für die Eröffnung des Lokals brauchte. An den Wochenenden half sie im Café mit, und gemeinsam trugen sie die nostalgischen Erinnerungsstücke zusammen und dekorierten damit die Wände. Bei der großen Eröffnungsfeier war Amy stolzer als alle anderen.

Die folgenden Jahre gingen ineinander über wie die Farben eines übergroßen Wandteppichs aus Rot- und Orangetönen und einigen wohl platzierten Blauschattierungen. Sie war sein Ein und Alles gewesen – seine engste Freundin, seine Vertraute, seine größte Unterstützung. Sie zu verlieren war, als hätte er seinen rechten Arm verloren, und der Schmerz darüber sorgte dafür, dass jeder Atemzug unglaublich anstrengend war.

Selbst nach zwei Jahren noch.

Casey wurde langsamer und verfiel ins Gehen. Acht Kilometer war er an diesem Tag gejoggt – drei mehr als sonst –, und er war nur noch wenige Straßen vom Café entfernt. Die Erinnerungen waren stärker gewesen als sonst, lebendiger. Nur mit Mühe kämpfte er gegen den Drang an, weiterzulaufen.

Was war nur mit ihm los? Wenn er nach zwei Jahren immer noch so empfinden konnte, dann würde er vielleicht nie alles hinter sich lassen können, niemals einen Weg finden, das Leben ohne Amy auszuhalten. Vielleicht würde dieses dumpfe Gefühl, alles ganz mechanisch zu tun, niemals nachlassen. Seine Atmung wurde ruhiger, und sein Blick wanderte zum Himmel, während er weiterging. Irgendwo dort oben war sie; vermutlich stieß sie Gott gerade mit dem Ellbogen in die Rippen und bat ihn, Caseys Lebensmut neu zu wecken.

Sein Café war eine perfekte Ablenkung. Den größten Teil der Woche verbrachte er dort und plauderte mit den Gästen, half Billy-G hinter dem Tresen und hielt das Lokal in Ordnung, damit es so blieb, wie Amy es damals ausgestattet hatte. Aber nichts von alldem gab ihm das Gefühl, lebendig zu sein, so wie es Amy immer getan hatte.

Er erreichte das Café und starrte auf die Eingangstür. Jemand hatte einen Herbstkranz mit Plastikblättern in Orange, Rot und Gelb daran befestigt. In der Mitte des Kranzes hockte ein nervös wirkender Truthahn, der seinen dünnen Hals jedem entgegenstreckte, der vorbeiging. In einem Monat war *Thanksgiving* und danach Weihnachten.

Amys liebste Jahreszeit.

Casey knirschte mit den Zähnen und stieß die Tür auf. Er wechselte ein paar Worte mit den Stammgästen und begrüßte einige neue Gäste. Erst nachdem der morgendliche Andrang abgeebbt war, schlenderte er zum Tresen und ließ sich auf einen der Barhocker sinken.

„Hey, Billy-G."

Sein Freund putzte sich die Hände an seiner Schürze ab, griff unter den Tresen und zog einen Zeitungsausschnitt hervor. „Das habe ich für dich aufgehoben." Billy-G trat ein paar Schritte näher und breitete die Zeitung vor Casey aus. „Das solltest du dir mal durch den Kopf gehen lassen."

Casey hielt den Blick auf den alten Mann gerichtet. „Nicht schon wieder eine." Immerzu wollte er Casey überreden, eine Selbsthilfegruppe oder einen Bibelkreis aufzusuchen. „Mir geht es gut, Billy-G, ich brauche keine Hilfe."

„Ja, schon klar." Der Mann tippte auf die Zeitung. „Alles ist wunderbar." Er wandte sich ab. „Lies es einfach."

Billy-G war bereits wieder in seiner Küche verschwunden, als Casey einen tiefen Seufzer ausstieß und seinen Blick auf die Zeitung lenkte. Es war ein kleiner Artikel von zwei Spalten irgendwo im Regionalteil der *New York Times*. Die Überschrift lautete: „Neues Projekt bringt trauernde Kinder mit Erwachsenen zusammen".

Casey blinzelte und dachte nach.

Trauernde Kinder? Viele Menschen trauerten über den Verlust von geliebten Angehörigen oder Freunden. Aber Kinder? An so etwas hatte Casey noch gar nicht gedacht.

Der Artikel bestand nur aus fünf Absätzen, sodass er sich entschied, ihn zu lesen. Als er am Ende angekommen war, nahm er die Zeitung in die Hand, hielt sie dichter vor die Augen und las den Text noch einmal. Nachdem er den Artikel das dritte Mal durchgelesen hatte, nahm die Idee Gestalt an. Es war wirklich sehr einfach, aber auch sehr tiefsinnig. Ein Kinderhilfswerk in Chelsea hatte ein Projekt entwickelt, das sich *Heilende Herzen* nannte. Ziel des Projekts war, Kinder, die einen lieben Menschen verloren hatten, mit alleinstehenden Erwachsenen zusammenzubringen. In dem Artikel war eine Telefonnummer angegeben. Interessierte sollten sich unter dieser Nummer bei den Verantwortlichen des Projekts melden.

Casey stellte sich kurz vor, Amy säße neben ihm, würde dieselbe Luft atmen und jeden seiner Gedanken teilen. Sie wüsste, was in ihm vorging, bevor es ihm selbst klar war.

„Das ist die Idee, Casey", hörte er sie beinahe sagen. „Probiere es aus."

Natürlich gab es da ein Problem.

Er war nicht nur ein alleinstehender Erwachsener; er hatte selbst einen Verlust erlitten. Das könnte ein Hinderungsgrund sein. Vielleicht war der Projektleiter der Ansicht, dass seine eigene Trauer es ihm unmöglich machte, einem trauernden Kind zu helfen. Aber eigentlich glaubte er nicht, dass die Organisatoren des Projekts ihn abweisen würden. Irgendwo in dieser riesengroßen Stadt lebte ein Kind, das einen Freund brauchte, einen Menschen, der ihm half, eine Brücke zu schlagen zwischen seinem alten Leben und dem Leben, mit dem er durch die neue Situation konfrontiert wurde. Ein Kind, das Liebe und Hilfe brauchte und neue Hoffnung für sein Leben – genau das, was Casey auch brauchte.

Er könnte bei der Organisation anrufen, sich bewerben und es den Verantwortlichen überlassen, das passende Kind für ihn auszuwählen. Und dann könnte er versuchen, in ihrer beider Leben wieder ein wenig mehr Licht zu bringen. In Manhattan gab es unzählige Möglichkeiten, mit einem Kind etwas zu unternehmen, und vielleicht fänden sie beide wieder zurück in das normale Leben. Ja, er könnte die Initiative ergreifen, und in einem Monat oder so könnte er vielleicht …

„Interessant, nicht?"

Billy-Gs barsche Stimme riss Casey aus seinen Gedanken. Er ließ den Zeitungsausschnitt auf den Tresen sinken. „Ja."

„Und?"

Casey faltete die Zeitung zusammen und schob sie ein Stück zurück. „Und was?"

„Was meinst du?"

„Ich meine, du stellst zu viele Fragen, Billy-G." Casey erhob sich und lächelte seinem Freund halbherzig zu. „Ich meine auch, es ist an der Zeit, dass ich verschwinde. In ein paar Stunden komme ich zurück, rechtzeitig für die Abendgäste."

„Ich wusste es." Billy-G lächelte wissend.

„Was wusstest du?"
„Du wirst anrufen."
Casey zuckte die Schultern. „Ich denke darüber nach."
„Okay." Billy-G lachte leise in sich hinein. „Tu das."
Casey wandte sich betont desinteressiert zum Gehen. Die Idee war noch zu wenig greifbar, zu neu, um offen darüber zu sprechen – selbst mit Billy-G. Er musste erst in Ruhe über alles nachdenken. Wichtige Entscheidungen traf er nie spontan; sie mussten Wurzeln schlagen und in den verborgenen Winkeln seines Herzens austreiben, bevor sie ans Licht kamen.
Casey drehte sich um, bevor er ging. „Gute Arbeit heute, Billy-G."
Sein Freund blickte ihn durch das kleine Fenster hindurch an, das die Küche von dem vorderen Tresen trennte. „Ruf an."
„Bis bald." Casey hob die Hand und ging zur Tür.
Unter dem Arm steckte die zusammengefaltete Zeitung. Und über die öden Ebenen seines Herzens fegte etwas hinweg, das er seit mehr als zwei Jahren nicht mehr gespürt hatte.
Ein Wind der Hoffnung am frühen Morgen.

Kapitel 7

Die Verbrecher der Stadt gewannen immer mehr die Oberhand.

Anfang November war es immer das Gleiche, und auf einmal hatte Linda gar keine Zeit mehr, um sich Gedanken über wahre Liebe und lang vergangene Sommer zu machen. Nicht einmal der Einsamkeit ihres Sohnes konnte sie Beachtung schenken. Die Verbrechensrate war im Vergleich zum vergangenen Monat um elf Prozent gestiegen, und auf Lindas Schreibtisch lagen zwei Fälle wegen vorsätzlichen Mordes. Monate wie dieser konnten einen Staatsanwalt berühmt machen oder zu Fall bringen, aber Linda wollte sich durch nichts ihre Karriere ruinieren lassen.

Außerdem war zu Hause alles in Ordnung. Joshuas Benehmen hatte sich ein wenig gebessert, und sie hatte es sich angewöhnt, sich jeden Abend ein paar Minuten zu ihm zu legen, bevor er einschlief. Vielleicht war es das, was ihr Sohn brauchte: etwas mehr Zeit mit ihr.

Dieser Gedanke war so angenehm wie ein Nagelbrett.

Wem wollte sie denn etwas vormachen? Es war genau so, wie ihre Mutter immer sagte. Joshua brauchte einen Mann in seinem Leben, jemand, der sich mit ihm balgte und ihn auf die Schultern hob und dann und wann mit ihm zu einem Basketballspiel ging.

„Du arbeitest zu viel", hatte ihre Mutter am Abend zuvor zu ihr gesagt. „Bei deiner Arbeitsbelastung wirst du niemals einen Vater für Joshua finden."

Bei dieser Bemerkung hatte Linda einen roten Kopf bekommen, und Joshuas Brief an Gott war ihr wieder in den Sinn gekommen, wie fast an jedem Tag, seit sie ihn gelesen hatte. „Ich bin nicht auf der Suche nach einem Vater für Joshua. So läuft das im Leben nicht."

„Das könnte es aber, Linda", sagte ihre Mutter mit ruhiger, aber hartnäckiger Stimme. „Es könnte geschehen, wenn du dich darum bemühen würdest."

Linda hatte geschnaubt und die Hände in die Hüften gestemmt. „Du bist auch nicht auf die Suche nach einem Vater gegangen, als ich einen brauchte."

Ihre Mutter hatte eine Weile geschwiegen, und die unterschiedlichsten Gefühle spiegelten sich in ihren Augen wider: Schock und Zorn, Scham und Bedauern. „Das war falsch, Linda." Sie erhob sich und wollte sich in ihr Schlafzimmer zurückziehen. „Du bist noch jung. Mach nicht denselben Fehler wie ich. Das ist Joshua gegenüber nicht fair … und dir selbst gegenüber auch nicht."

Mehrmals an jenem Tag musste sie an dieses Gespräch denken, selbst während ihrer Sitzungen und während der Suche nach Präzedenzfällen für ihre laufenden Fälle. *Mach nicht denselben Fehler wie ich. Das ist Joshua gegenüber nicht fair … und dir selbst gegenüber auch nicht.*

Linda schob ihren Schreibtischstuhl zurück und zog scharf die Luft ein.

Es war jetzt kurz vor achtzehn Uhr, und sie musste noch mindestens zwei Stunden arbeiten, bevor sie nach Hause gehen konnte. Im Büro war es still. Die meisten Mitarbeiter hatten bereits Feierabend gemacht. Nur einige Büroangestellte und Assistenten brachten noch ihre Aufgaben zu Ende, die sie von ihren Vorgesetzten bekommen hatten.

Sie erhob sich und ging durch den Flur zum Pausenraum. Eine Tasse Kaffee würde ihr jetzt guttun und verhindern, dass sie über die Worte ihrer Mutter, die traurigen Augen ihres Sohnes und den Brief nachgrübelte, den er an Gott geschrieben hatte. Schließlich konnte sie an der Situation nichts ändern. Sie und George hatten nicht darüber zu entscheiden gehabt, wie sich ihr Leben entwickelte.

Der Pausenraum war leer. Linda ging zur Kaffeemaschine, nahm einen Styroporbecher und goss sich Kaffee ein. Dann öffnete sie das Gefrierfach des Kühlschranks, nahm zwei Eiswürfel heraus und ließ sie in ihren Becher fallen. Ihren Kaffee trank sie am liebsten schwarz und lauwarm. Heißen Kaffee zu trinken dauerte zu lange.

Während sie ihren Becher in der Hand hielt und die Eiswürfel mit dem kleinen Finger umrührte, fiel ihr Blick auf eine zusammengefaltete Seite der *New York Times*. Jemand hatte die Zeitung unter die Kaffeemaschine geschoben, und ein Kreis von braunen Flecken war unterhalb der Kaffeekanne entstanden. Die Überschrift war noch zu erkennen, und ohne es zu wollen, begann Linda den Text zu lesen: „Neues Projekt bringt trauernde Kinder mit Erwachsenen zusammen".

Sie hielt mitten in der Bewegung inne und stellte ihren Becher ab. Ein Projekt für trauernde Kinder?

Die Zeitung klebte an der Kaffeemaschine fest. Linda stellte die Kanne zur Seite und löste das Papier ganz vorsichtig von der Maschine, um es nicht zu zerreißen. Dann hielt sie die

Zeitung hoch und las den Artikel durch. Ein Kinderklub in der Stadt hatte ein Projekt entwickelt, das sich *Heilende Herzen* nannte. Dabei wurden Erwachsene mit Kindern zusammengebracht, die ein oder sogar beide Elternteile verloren hatten.

Auf einmal brauchte Linda dringend einen Schluck Kaffee. Ihre Hände zitterten, als hätte sie bereits fünf Tassen getrunken. Ein Projekt für trauernde Kinder? Das war ja genau das, was Joshua brauchte! Linda ließ ihren Becher auf der Theke des Pausenraums stehen und kehrte mit der Zeitung an ihren Schreibtisch zurück. Um diese Uhrzeit war der Klub vermutlich bereits geschlossen, aber sie konnte es ja mal probieren.

Sie nahm den Hörer zur Hand und tippte die Nummer ein. Gleich nach dem ersten Läuten meldete sich jemand.

„Kinderhilfswerk Manhattan. Wie kann ich Ihnen helfen?"

Linda öffnete den Mund, aber es kam kein Wort über ihre Lippen. Tränen traten ihr in die Augen, und mit ihrer freien Hand massierte sie den Kloß in ihrem Hals, bis sie sprechen konnte. „Ich ... ich habe von Ihrem Projekt gelesen."

Die Frau am anderen Ende der Leitung stellte sich als Mrs Eccles vor. „Wir organisieren eine ganze Reihe von Projekten. Könnten Sie genauer erklären, welches Sie meinen?"

„Ja." Linda nahm die Zeitung zur Hand, und ihr Blick wanderte über den Text. „Es geht um das Projekt *Heilende Herzen*. Mein ... das betrifft meinen Sohn."

„Ich verstehe." Die Stimme der Frau klang merklich weicher. „Nun, der erste Schritt ist, dass Sie mit Ihrem Sohn herkommen und einige Formulare ausfüllen. Dann können wir Sie kennenlernen und Ihnen beiden ein paar Fragen stellen. Danach werden wir versuchen, Ihren Sohn so schnell wie möglich mit einem unserer männlichen ehrenamtlichen Helfer in Kontakt zu bringen."

„Es gibt ... ehrenamtliche Helfer, die auf ein Kind warten?" Diese Vorstellung raubte Linda den Atem. Warum hatte sie nicht früher hiervon gehört? Sie schaute auf das Datum der Zeitung und stellte fest, dass der Artikel fast zwei Wochen alt war.

„Ja. Das Projekt ist ziemlich beliebt." Die Frau hielt inne, und Linda hörte ein Rascheln im Hintergrund. „Dann darf ich für Sie und Ihren Sohn einen Termin machen?"

Linda dachte an die Arbeit, die noch auf sie wartete, die Verhandlungen, die Akten und Präzedenzfälle, die noch studiert werden mussten. Ein Termin kostete Zeit, vielleicht sogar einen ganzen Nachmittag. Zeit, die sie ganz gewiss nicht hatte. Eine einsame Träne lief ihr über die Wange, und sie tupfte sie mit dem Ärmel ihrer Seidenjacke fort. „Ja." Sie schniefte leise und schloss die Augen, um weitere Tränen zurückzuhalten. „Ja, sehr gern."

Der Termin fand eine Woche später statt, und vier Tage nach dem Treffen erhielt Linda einen Anruf im Büro. Es war Mrs Eccles, und ihre Stimme klang so fröhlich wie ein vorzeitiges Weihnachtslied. „Ich habe gute Neuigkeiten für Sie, Mrs Edwards. Wir haben einen passenden ehrenamtlichen Helfer für Ihren Sohn gefunden."

Linda lehnte sich in ihrem Bürostuhl zurück und drückte den Hörer fest an ihr Ohr. „Wirklich?"

„Ja. Ich denke, Sie werden mit unserer Wahl sehr zufrieden sein."

„Ist er … ist er jung oder alt?", fragte Linda atemlos. Die Knöpfe an ihrer Bluse zitterten bei jedem Herzschlag. Seit ihrer Anmeldung für dieses Projekt hatte Joshua nicht aufgehört, darüber zu reden. „Erzählen Sie mir bitte von ihm. Wollte … wollte er schon immer Kindern helfen?"

„Nun …" Die Frau zögerte. „Seine Geschichte ist ein wenig anders als die der meisten anderen."

Linda ließ die Schultern hängen. Ging es bei diesem Projekt denn nicht darum, Kinder mit Erwachsenen zusammenzubringen, die den starken Wunsch hatten, einem einsamen Jungen oder Mädchen zu helfen? „Und … warum haben Sie ihn ausgewählt?"

„Seine Frau ist vor zwei Jahren bei der Geburt ihres ersten Kindes gestorben. Das Baby hat auch nicht überlebt." Die Stimme der Frau klang ernst. „Der Artikel über das Projekt *Heilende Herzen* hat sein Interesse geweckt. Er dachte, sein Engagement für dieses Projekt könnte sich nicht nur auf ein trauerndes Kind positiv auswirken, sondern auch ihm helfen, seine Trauer zu überwinden."

Lindas Gewissen meldete sich. „Oh." Sie versuchte, sich wieder über den Anruf zu freuen, aber die Geschichte war einfach zu traurig. „Das tut mir leid." Wie konnte ein Mann, der einen solchen Verlust erlitten hatte, einen positiven Einfluss auf Joshua ausüben? Sie drängte ihre Zweifel zurück und rieb sich nachdenklich über den Nasenrücken. „Was wissen Sie noch über ihn? Erzählen Sie mir von ihm."

Mrs Eccles berichtete so ausführlich wie möglich. Der Mann hieß Casey Cummins, war vierunddreißig Jahre alt und Besitzer eines Cafés in der Stadtmitte. Er interessierte sich für Basketball, Football, Baseball und viele andere Aktivitäten im

Freien, und das Beste war, dass er sich seine Arbeitszeit frei einteilen konnte, da er selbstständig war.

„Er joggt fünf Kilometer pro Tag und hat Betriebswirtschaft studiert. Er würde Ihrem Sohn auch gern bei den Hausaufgaben helfen."

Lindas Blick wanderte zu den Akten auf ihrem Schreibtisch, und sie spürte, wie die Zweifel wieder in ihr aufstiegen. „Haben Sie ihn überprüft?"

„Das hatten wir doch bereits bei unserem ersten Treffen besprochen."

Linda verschränkte ihre Arme und drückte ihre Faust gegen die unteren Rippenbögen. „Das weiß ich. Aber sagen Sie es mir trotzdem. Immerhin bin ich Staatsanwältin, wie Sie wissen." Sie hielt inne und sprach etwas freundlicher weiter. „Also, was hat die Überprüfung dieses Casey ergeben?"

„Es gibt keine Angaben über ihn wegen irgendwelcher Straftaten, weder beim FBI noch bei der örtlichen Polizei. Er hat nie im Gefängnis gesessen, wurde nie verhaftet, ist nie auffällig geworden wegen Drogenmissbrauchs. Soweit wir in Erfahrung bringen konnten, hat er nicht einmal einen Strafzettel wegen zu schnellen Fahrens bekommen. Er bezahlt seine Rechnungen pünktlich und wohnt in einer Wohnung etwa zwanzig Wohnblocks von seinem Café entfernt. Wir haben ihn hier im Büro mehrere Stunden lang intensiv befragt, und natürlich hat ein Sozialarbeiter seine Wohnung überprüft."

„Und ..." Linda hasste sich wegen ihres Misstrauens, aber nach einer Woche des Wartens schien das alles zu schön, um wahr zu sein.

„Unsere ehrenamtlichen Mitarbeiter bekommen eine Beurteilung, Mrs Edwards. Normalerweise sprechen wir mit den

Eltern des Kindes nicht darüber, aber in diesem Fall, angesichts Ihres Berufs, halte ich es für vertretbar, Ihnen das Ergebnis mitzuteilen. Er gehört zu der Sorte ehrenamtlicher Mitarbeiter, nach denen wir verzweifelt suchen."

Linda atmete erleichtert aus und spürte, wie sie ruhiger wurde. „Also dann, wann können wir ihn treffen?"

„Heute ist Montag ..." Die Frau verstummte und Linda hörte, wie sie eine Seite umblätterte. „Freitag passt ihm gut, also versuchen wir doch, ein Treffen für den kommenden Freitag zu vereinbaren, den 14. November. Sagen wir fünfzehn Uhr?"

Linda warf einen Blick auf ihren Terminkalender. Eine Verhandlung würde einen großen Teil des Vormittags in Anspruch nehmen, und normalerweise nutzte sie den frühen Freitagabend, um ihre Notizen aus der vergangenen Woche noch einmal durchzugehen. Trotzdem, sie musste es möglich machen. „Ich muss dabei sein, richtig?"

„Ja." Linda spürte die Missbilligung der Frau. „Natürlich. Sie bringen Joshua her, und dann haben Sie und Ihr Sohn eine Stunde Zeit, sich mit Joshuas besonderem Freund ein wenig zu unterhalten und ihn kennenzulernen. Und wenn sich beide gut verstehen, kann Mr Cummins eine Stunde oder länger mit Ihrem Sohn entweder hier im Klub oder draußen im Park verbringen."

„Gut." Linda stellte sich vor, wie Joshuas Augen aufleuchten würden, wenn er diese Neuigkeit hörte. Er hatte es verdient; davon war sie fest überzeugt. Die Arbeit würde warten müssen. „Okay, das klingt gut." Sie unterdrückte einen tiefen Seufzer. „Um fünfzehn Uhr am Freitag."

Als sie auflegte, wurde Linda bewusst, dass sie sich bereits auf den Freitag freute, wenn sie diesen Casey kennenlernen und beobachten könnte, wie er mit ihrem Sohn spielte. Es war eine wundervolle Idee, die sie nicht einmal dazu zwang, mit einem Mann auszugehen und ihn zu drängen, ein Ersatzvater für Joshua zu sein. Das Projekt *Heilende Herzen* basierte auf Ehrlichkeit und einem echten Bedürfnis, und die Erwartungen und Richtlinien wurden von Anfang an klar definiert.

Joshua und Casey würden sich ein- oder zweimal in der Woche treffen und vielleicht miteinander telefonieren. Einmal im Monat würde sich jeder der beiden mit den Mitarbeitern des Kinderhilfswerks treffen, um darüber zu sprechen, wie sich die Beziehung entwickelte, und um jedem die Gelegenheit zu geben, seine Fragen oder Bedenken zu äußern.

Natürlich war das eine gute Sache, und es lohnte sich jede Minute der Arbeit, die sie vielleicht opfern müsste, um sicherzustellen, dass das Projekt ein Erfolg wurde. Linda hatte Joshua eigentlich erst nach der Arbeit von dem Telefonanruf erzählen wollen, doch plötzlich konnte sie an nichts anderes mehr denken. Sie nahm den Hörer zur Hand und wählte ihre private Telefonnummer. Joshua meldete sich nach nur wenigen Sekunden.

„Hallo?"

Seine kindliche Stimme ging ihr durch und durch, und ihre Augen füllten sich mit Tränen. „Hallo, Schatz. Ich bin es, Mama."

„Hallo! Wann kommst du nach Hause?"

„Bald." Sie starrte zum Fenster hinaus und versuchte sich sein Gesicht vorzustellen. „Joshua, ich habe heute einen Anruf von dem Kinderhilfswerk bekommen. Du weißt schon, von der Frau, die einen ganz besonderen Freund für dich sucht."

Joshua schnappte nach Luft und sprach lauter und schneller als vorher. „Du meinst … sie haben ihn gefunden?"

„Ja … ja, sie haben ihn gefunden." Ein Laut, der halb Lachen, halb Schluchzen war, stieg in Linda hoch, und sie legte kurz die Fingerspitzen an ihre Lippen. „Ich glaube, sie haben jemanden gefunden, der genau richtig ist für dich, mein Schatz."

Das Telefon läutete, als Casey gerade durch die Haustür hereinkam und seine Jacke auf den Stuhl warf. Im Café war viel los gewesen, und der Wind war an diesem Tag schlimmer als sonst. Während der letzten zehn Wohnblocks hatte er bei jedem Windstoß mindestens einmal überlegt, ob er aufgeben und sich ein Taxi nehmen sollte. Aber er war weitergerannt, und jetzt war er froh darüber. Er fühlte sich lebendig und hellwach, und das eigentlich schon seit dem Treffen mit den Leuten vom Kinderhilfswerk.

Bisher hatte man ihn zwar noch nicht mit einem Kind zusammengebracht, doch schon jetzt war das Projekt *Heilende Herzen* seinem Namen gerecht geworden.

Er hastete um die Rückenlehne seines alten, zerschlissenen Sofas in die Küche und nahm den Hörer ab, als der Anrufbeantworter gerade ansprang. „Hallo?" Er klemmte sich den Hörer zwischen Schulter und Ohr und zog sich die Handschuhe aus. Sobald seine Hände frei waren, schaltete er den Anrufbeantworter ab. „Hallo?"

„Ja, hallo, hier spricht Mrs Eccles vom Kinderhilfswerk Manhattan. Wir haben einen achtjährigen Jungen, um den Sie sich kümmern könnten. Haben Sie vielleicht am Freitag Zeit, ihn kennenzulernen?“

Der Raum begann sich zu drehen. Casey tastete hinter sich nach einem der Küchenstühle, rückte ihn zurecht und ließ sich darauf sinken. „Kommenden Freitag?“ Seine Worte waren kaum mehr als ein Flüstern, und er wiederholte sie noch einmal. „Kommenden Freitag, den vierzehnten?“

„Ja.“ Die Frau gab ein fröhliches Lachen von sich. „Wenn Ihnen das passt.“

Mrs Eccles hatte ihn darauf hingewiesen, dass es bis zu sechs Wochen dauern könnte, bis ein passendes Kind für die ehrenamtlichen Helfer gefunden würde, aber Billy-G hatte widersprochen. „Höchstens zwei Wochen, nicht länger.“ Dabei hatte er seinen Lieblingskochlöffel geschwungen. „Ich habe so ein Gefühl. Zwei Wochen, Casey.“

Er hatte recht behalten.

Casey wechselte den Hörer in die andere Hand und lehnte sich auf dem Stuhl zurück. „Freitag wäre prima. Erzählen Sie mir ... erzählen Sie mir von dem Jungen.“

„In Ordnung.“ Mrs Eccles atmete tief durch. „Also, er ist ein niedlicher kleiner Kerl, acht Jahre alt und besucht die zweite Klasse. Er mag vieles von dem, was Sie auch mögen, und wohnt mit seiner Mutter und Großmutter in einer wohlhabenden Wohngegend im Osten Manhattans.“

„Und sein Vater?“ Casey fragte nur sehr ungern, denn die Antwort lag auf der Hand. Der Junge würde nicht an diesem Projekt teilnehmen, wenn sein Vater noch am Leben wäre.

„Der Mann war schon über fünfzig, ein Aktienhändler. Vor zwei Jahren starb er während der Arbeit an einem Herzinfarkt. Seither hat sich Joshua in seinem Verhalten stark verändert, wie die Mutter des Jungen und die Lehrer bemerkt haben, und zwar so stark, dass er eine Therapie und andere Hilfe bekommen hat. In letzter Zeit hat sich seine Mutter mehr Zeit für ihn genommen, sodass er nicht mehr ganz so wild ist." Mrs Eccles zögerte. „Seine Mutter ist Staatsanwältin und kann leider nicht so oft zu Hause bei dem Jungen sein, wie sie gern möchte."

Er konnte sich die Situation gut vorstellen. Die Mutter des Jungen liebte ihn so sehr, dass sie ihn für dieses Projekt angemeldet hatte. Aber allein konnte sie seinen Verlust nicht auffangen. Sie konnte ihm nicht den Vater ersetzen. Casey erhob sich und goss sich ein Glas Wasser ein. Sein Schwindel hatte nachgelassen, aber eine gewisse Leichtigkeit überkam ihn, als würde er schweben.

Ein Kind brauchte ihn!

Er würde sich bald um einen achtjährigen Jungen kümmern. Das hätte Amy bestimmt gefallen.

Mrs Eccles erläuterte noch einige Details. Casey fiel es schwer, sich auf das zu konzentrieren, was sie sagte. Er sollte also um fünfzehn Uhr im Kinderklub sein, dann hätte er eine Stunde Zeit, um sich mit dem Jungen und seiner Mutter zu unterhalten und sie besser kennenzulernen. Anschließend könnte er ein paar Stunden mit dem Jungen verbringen. Und wenn dieses erste Treffen positiv verlief, würde er die Telefonnummer und Adresse des Kindes bekommen.

„Wenn es am Freitag gut läuft, könnten Sie mit dem Jungen zum Beispiel Pizza essen gehen. Irgendetwas unternehmen, um das Eis zu brechen."

Casey schrieb „Pizza" auf einen Block.

Mrs Eccles wollte das Gespräch gerade beenden, als Casey

noch etwas einfiel. „Sie haben mir seinen Namen noch gar nicht verraten.“

„Ach ... entschuldigen Sie.“ Ein Lächeln schwang in der Stimme der Frau mit. „Er heißt Joshua.“

Nur mit Mühe schaffte es Casey, das Gespräch zu Ende zu bringen. Joshua hieß der Junge? Wie war das möglich? Er legte den Hörer auf und lief durch die Wohnung zum Schlafzimmer, das er mit Amy geteilt hatte. Ihr Tagebuch lag noch im Nachttisch neben ihrem Bett, und so zog er die Schublade auf und nahm es heraus.

Das Buch war abgegriffen und speckig, in hellbraunes Leder gebunden. Amy hatte Notizen zu Predigten und Bibelverse auf kleine Zettel geschrieben, die zwischen den Seiten hervorragten. Ganz vorsichtig hielt Casey es in der Hand, als könnte es bei einer plötzlichen Bewegung auseinanderbrechen. Amys Name auf der ersten Seite war kaum noch lesbar, da die Tinte mittlerweile verblasst war.

Es war das Tagebuch, das sie in Haiti bei sich gehabt hatte, als Casey sie kennengelernt hatte.

Seine Finger glitten liebevoll über die Buchstaben ihres Namens. Die ersten Seiten mit dem Bericht darüber, wie sie sich kennengelernt und welche Gefühle sie bereits damals für ihn empfunden hatte, übersprang er, auch die Einträge, die sie gemacht hatte, als sie miteinander befreundet waren, und alle anderen Passagen, an denen sie ihn häufig hatte teilhaben lassen.

Und dann fand er das, was er suchte – ganz hinten im Tagebuch.

Eine Liste mit Namen, die Amy und er mochten und die sie für ihr erstes Kind in Erwägung gezogen hatten. Er wusste bereits, was er auf der Liste finden würde, doch er musste trotzdem nachschauen, und noch während sein Blick über die Namen flog, entdeckte er, dass er recht gehabt hatte.

Amy war davon überzeugt, dass sie einen Jungen bekommen würden, aber natürlich hatten sie auch einen Namen für ein Mädchen ausgesucht – nur für den Fall. Zehn Namen standen auf der Liste, fünf für ein Mädchen und fünf für einen Jungen. Und neben den Namen, der ihr am besten gefiel, hatte Amy einen Smiley gemalt.

Ihre Favoriten hatte sie in fetter Schrift mehrmals auf die dünne Seite geschrieben. Kaley für ein Mädchen, und für einen Jungen hatten sie den Namen ausgewählt, auf den sie sich am schnellsten geeinigt hatten.

Joshua Matthew.

Casey starrte den Namen an und dachte, wie seltsam es doch war, dass Mrs Eccles ihn ausgerechnet mit einem Jungen namens Joshua zusammenbringen wollte. Sekunden vergingen, und eine Gänsehaut zog sich über Caseys Arme und seinen Nacken. Was hatte Amy immer so gern gesagt? Irgendetwas über Weihnachtswunder. Ja, das war es. Sie hatte immer gesagt, dass diejenigen, die daran glaubten, ein Weihnachtswunder erleben könnten.

Er hatte sie dann geneckt und gesagt, sie würde sich irren. Seitdem sie gemeinsam durchs Leben gingen, würde er jeden Tag ein Wunder erleben. Aber sie war unnachgiebig und hatte darauf beharrt, dass Menschen zur Weihnachtszeit etwas Besonderes erleben könnten und dass es tatsächlich Weihnachtswunder gäbe, wenn die Menschen danach Ausschau hielten.

Caseys Blick wanderte zu dem Foto von Amy an der Wand. *Hattest du recht? Die ganze Zeit?*

Falls Weihnachtswunder tatsächlich ein besonderes Ereignis waren, das einmal im Jahr diejenigen erleben konnten, die daran glaubten, dann wusste Casey eines ganz sicher: Wo immer Amy jetzt war, sie würde auf ihn mit ihrem gewissen Etwas in den Augen herablächeln, das ihn gleich am ersten Tag so an ihr fasziniert hatte.

Denn hier und jetzt, sechs Wochen vor Weihnachten, war Casey auf einmal davon überzeugt, dass sich gerade ein Wunder entwickelte und dass es irgendwie mit dem achtjährigen Jungen namens Joshua zusammenhing, selbst wenn sie beide sich erst am Freitagnachmittag kennenlernen würden.

Kapitel 8

Endlich hatte Gott seinen Brief gelesen.

Nur so konnte sich Joshua erklären, was gerade geschah. Im vergangenen Monat hatte seine Mutter mehr Zeit mit ihm verbracht als jemals zuvor, zumindest soweit er sich erinnern konnte. Und dann hatte sie von diesem besonderen Projekt erfahren. *Heile Herzen* oder wie auch immer es hieß, aber eigentlich war der Name auch egal.

Na ja, er bekam zwar nicht gerade einen neuen Vater, aber er würde jemanden kennenlernen, der das tat, was Väter tun. Jemand, der jede Woche mit ihm spielen, mit ihm in den Park gehen und ihm bei seinen Rechenaufgaben helfen würde, wie Keiths Vater es tat.

Joshua war wegen der ganzen Sache so aufgeregt, dass er kaum noch schlafen konnte. Abends lag er im Bett und starrte die blau-weiß gestreifte Tapete und die schmale Bordüre mit den Baseballhandschuhen und Schlägern an, die sich oben an der Wand entlangzog, und er stellte sich vor, wie sein Brief bei Gott angekommen war, wie er ihn geöffnet und gewusst hatte, dass dieses Projekt, diese *Heilen Herzen* oder wie das hieß, genau der richtige Weg war, ihm einen Vater zu schenken.

Obwohl er eigentlich versuchen wollte, seiner Oma keine Fragen zum kommenden Freitag zu stellen, löcherte er sie doch immer wieder im Laufe der Woche.

Am Mittwoch fand er sie im Wohnzimmer und zupfte sie am Ärmel. „Wie viele Tage sind es noch, Oma?"

„Bis wann?"

„Bis ich ihn kennenlerne. Wie viele Tage noch?"

Seine Großmutter seufzte und strich ihm über den Kopf. „Noch zwei Tage, Joshua. Frag doch nicht dauernd."

„Denkst du, dass er nett ist?"

„Er ist bestimmt sehr nett."

„Soll ich ihm meinen Witz von dem Huhn und der Bulldogge erzählen?"

„Gute Idee, Joshua, erzähle ihm den Witz." Seine Großmutter wandte ihre Aufmerksamkeit wieder dem Fernsehgerät zu. „Die meisten Männer mögen Witze."

„Und wenn er mein Papa werden möchte, Oma? Was ist dann?"

„Joshua." Seine Großmutter legte die Hände an ihre Wangen und strich ihre Stirn glatt, bis die Falten verschwanden. „Darüber hat deine Mutter doch bereits mit dir gesprochen. Der Mann heißt Casey, und er wird nicht dein Vater werden. Nur ein ganz besonderer Freund."

„Aber er ist sozusagen ein Vater, der so tut als ob, richtig, Oma?"

„Nein, Joshua. Er ist kein Vater, der so tut als ob, sondern ein besonderer Freund. Das ist er, ein besonderer Freund."

„Oh." Darüber dachte Joshua kurz nach. „Aber wenn er bei uns einziehen möchte, kann er dann in meinem Zimmer schlafen?"

Die Großmutter umklammerte die Sessellehne, und ihre Augen wurden groß. „Er wird nicht bei uns einziehen, Joshua. Das musst du begreifen. Nicht jetzt und auch sonst nicht."

„Okay." Joshua wartete, bis sich seine Großmutter wieder dem Fernseher zugewandt hatte. Dann zupfte er so vorsichtig es ging noch einmal an ihrem Ärmel.

„Du meine Güte, Kind." Omas Stimme war lauter als vorher, und ihre Augenbrauen zogen sich zusammen. „Kannst du eine alte Frau denn nicht wenigstens einmal in Ruhe lassen?"

„Nur noch eine Frage." Joshua sprach freundlich und leise, so wie Oma es mochte. Dann lächelte er, für den Fall, dass sie Nein sagen wollte.

„Oh Mann." Die Großmutter rutschte in ihrem großen Sessel ein wenig tiefer und ließ ihre Schultern hängen. „Na los."

„Was ist ... was ist, wenn er mich nicht mag?"

Seine Oma richtete sich wieder auf. Ihr Blick wurde weicher. „Natürlich wird er dich mögen." Sie streckte einen Arm aus und drückte ihn leicht an sich. „Nur stell ihm nicht sofort hundert Fragen."

Am Freitagmorgen war Joshua so aufgeregt, dass er nichts frühstücken konnte. Dieses Mal bestürmte er seine Mutter mit Fragen. Wie viele Stunden waren es noch, bis sie ihn kennenlernten? Wie sah er wohl aus? Wo würden sie wohl hingehen, und was würden sie tun? Und vor allem, was wäre, wenn Casey ihn nicht mochte? Seine Mutter fing an, schwer zu atmen, und Joshua war sich sicher, dass sie böse auf ihn würde, als sie ganz plötzlich etwas sehr Seltsames tat, etwas, das sie nie tat, wenn sie sich morgens fertig machten.

Sie begann zu lachen.

Dann wuschelte sie ihm durch die Haare und stellte ein Glas Orangensaft vor ihn hin. „Joshua, dieses Mal kann ich dir nicht alle deine Fragen beantworten. Außerdem sollte ich diejenige sein, die fragt, wie viele Stunden es noch sind, bis wir ihn kennenlernen." Sie stützte ihre Hände in die Hüften. „Weil du dann endlich alle Antworten bekommst, die du dir wünschst."

Joshua lachte auch, aber danach gab er sich Mühe, für den Rest des Vormittags seine Fragen hinunterzuschlucken. Es stimmte, was seine Mutter sagte. Sie konnte ihm nicht alle seine Fragen beantworten, Gott dagegen schon. Und etwas später, auf dem Weg zur Schule, fügte Joshua noch ein PS seinem Brief bei. Man schrieb ein PS unter einen Brief, wenn man noch etwas Wichtiges vergessen hatte, das wusste Joshua.

Während sie im Taxi saßen, las seine Mutter gerade in einer ihrer Akten, und deshalb blickte Joshua aus dem Fenster hinaus und sagte sein PS ganz leise, damit nur Gott es hören konnte.

„PS, Gott: Bitte sorg dafür, dass Casey mich mag."

An diesem Tag konnte sich Joshua kaum auf das konzentrieren, was Miss Hanson im Unterricht sagte, und zweimal musste er ganz hinten im Klassenzimmer sitzen, weil er nicht aufgepasst hatte. Aber das war egal, denn sobald die Glocke läutete, würde seine Mutter ihn im Taxi abholen, und dann würden sie zu dem Kinderklub fahren. Und dann endlich würde er den Mann kennenlernen, der so tun würde, als wäre er sein Vater.

Aber das würde er natürlich keinem erzählen, denn andere Leute würden Casey nur als einen besonderen Freund bezeichnen, schließlich war das sein offizieller Titel. Aber Joshua wusste es besser. Als sie den Kinderklub erreichten, führte die Dame, die sie bereits kennengelernt hatten, sie in einen Raum. Und genau in diesem Augenblick meldete sich Lindas Pieper.

„Ein Anruf", sagte sie. Sie lächelte die Dame an und hob einen Finger. „Nur einen Augenblick."

Als Linda ihr Gespräch beendet hatte, unterhielt sie sich noch ganz lange mit der Dame. Joshua verstand kaum etwas von dem, was sie sprachen. Es ging wohl um einen Notfall und dass es nie wieder vorkommen werde und dass es seiner Mutter sehr leidtue. Die Frau von dem Klub warf seiner Mutter einen verärgerten Blick zu und runzelte die Stirn. Dann sagte sie, dass sie dieses eine Mal eine Ausnahme machen werde.

Schließlich kamen seine Mutter und die Dame zu ihm herüber.

„Schätzchen." Seine Mutter hockte sich vor ihn, damit sie ihm in die Augen schauen konnte. „Mami hat ein besonderes Treffen auf der Arbeit. Leider muss ich unbedingt daran teilnehmen. Darum kann ich Casey heute nicht kennenlernen. Das tut mir wirklich sehr leid." Sie warf der Dame einen Blick zu. „Aber Mrs Eccles wird bei dir bleiben, wenn Casey kommt, und alles wird gut werden. Ich lerne ihn dann nächste Woche kennen, okay?"

Joshua war sehr traurig darüber, aber er fand, dass jetzt nicht der passende Zeitpunkt zum Weinen war. Außerdem hatte seine Mutter immerzu besondere Besprechungen, und wenigstens durfte er Casey trotzdem kennenlernen. „Okay."

Seine Mutter ging, und nach einer Minute kam Mrs Eccles zurück, und dieses Mal war ein Mann bei ihr. Ein Mann, der groß und stark und fröhlich wirkte wie der Footballspieler Brett Favre von den *Green Bay Packers**. Er kam auf ihn zu und streckte ihm die Hand hin, und sein Lächeln gab Joshua das Gefühl, geborgen und sicher zu sein. „Hallo, Joshua. Ich bin Casey."

* Eine Footballmannschaft aus dem Bundesstaat Wisconsin, die in der amerikanischen Profiliga spielt.

„Hallo, Casey." Joshua schüttelte die Hand des Mannes, und jetzt waren alle seine Zweifel verflogen. Casey war wirklich jemand, der sein Vater werden könnte, nicht nur ein besonderer Freund. Denn manchmal träumte Joshua davon, wieder einen Papa zu haben, und jedes Mal sah der Vater in seinem Traum genauso aus wie Casey.

Groß und stark und fröhlich und genau wie der Mann, der gerade vor ihm stand.

❖

Casey hatte fünf Minuten warten müssen, bevor er zu Joshua geführt wurde, fünf Minuten, in denen sich Mrs Eccles darüber aufgeregt hatte, dass Joshuas Mutter gegangen war, ohne ihn kennengelernt zu haben.

„Also wirklich, es ist das erste Treffen!" Die Frau schüttelte fassungslos den Kopf. „Niemand geht so früh beim ersten Treffen."

Casey war das wirklich egal. Joshuas Mutter interessierte ihn nicht sonderlich. Es war das Treffen mit dem Jungen gewesen, das ihn nachts wachgehalten und seine Schritte beflügelt hatte, wenn er täglich zur Arbeit und wieder nach Hause gejoggt war. Zur Weihnachtszeit war New York City der schönste Ort der Welt, und das Schmücken hatte bereits begonnen. Der erste Schnee war gefallen, und der *Central Park* war, abgesehen von den Wegen und Spielplätzen, von einer weißen Schneedecke überzogen. Die Polizei traf Vorbereitungen für die Festtagsparade zu *Thanksgiving*, die von dem Kaufhaus *Macy's* durchgeführt wurde. Bäume und Schaufenster Manhattans wurden schon mit unzähligen Lichterketten geschmückt.

Je näher der Freitag kam, desto mehr wuchs in Casey die Überzeugung, dass Amy doch recht gehabt hatte. Wer daran glaubte, konnte ein Weihnachtswunder erleben, und irgendwie war es tatsächlich eine Art Wunder, dass er und Joshua sich kennenlernen sollten.

Mrs Eccles beendete ihre Erklärungen, dass sie dieses eine Mal – wider besseres Wissen – zulassen würde, dass Casey Joshua traf, obwohl die Mutter des Jungen nicht anwesend war, und endlich wurde Casey in den Raum geschoben, wo das Kind wartete. In dem Augenblick, als er den Jungen erblickte, durchströmte ihn ein ganz seltsames Gefühl. Es war, als ob er das Kind schon einmal gesehen hätte, vielleicht im Café oder irgendwo im Park.

Er ergriff die Hand des Jungen und schüttelte sie, und in diesem Augenblick fühlte Casey eine Bindung so schnell und unmittelbar, dass er es nur mit einem anderen Gefühl vergleichen konnte – mit dem Gefühl, das er empfand, als er Amy zum ersten Mal gesehen hatte.

Sie plauderten eine ganze Stunde lang unbefangen in Mrs Eccles Beisein, und als Joshua anfing, seine Witze zum Besten zu geben, tauschten Casey und die Sozialarbeiterin einen Blick, und beide wussten, dass es an der Zeit war.

„Hey, Joshua, wollen wir in den Park zum Spielen gehen?"

Die Augen des Jungen leuchteten auf wie der Weihnachtsbaum im *Rockefeller Center*. Sein Blick wanderte zu Mrs Eccles. „Dürfen wir?"

„Ja. Deine Mutter hat gesagt, das sei in Ordnung."

Und so machten sie sich auf den Weg. Casey hielt Joshuas Hand, als sie die Straße überquerten. Das Gefühl der kleinen Kinderhand, umschlossen von seiner schützenden Hand, rief seltsame Empfindungen in Casey wach. Hätte es sich so angefühlt, die Hand seines eigenen Sohnes zu halten, seines Joshuas, wenn der Junge überlebt hätte?

Casey ging mit dem Jungen zum *East-Meadow-Spielplatz*, dem mit der großen Rutsche, wo er und Amy früher so oft gewesen waren. Als sie um die Ecke bogen, entdeckte Joshua die Spielgeräte und hüpfte aufgeregt in die Höhe.

„Hey, Casey, weißt du was? Hier bin ich auch schon mal mit meiner Mama gewesen."

„Wirklich?"

„Wirklich!" Er zerrte Casey zu der großen Rutsche. „Nur leider rutscht sie nicht mit mir die Rutsche hinunter, aber das ist okay. Sie ist ja ein Mädchen."

Casey lachte. „Ich rutsche mit dir." Er kletterte hinter Joshua die Leiter hoch. „Aber mach dich nicht über mich lustig, wenn ich stecken bleibe, okay?"

Joshua kicherte, und ein ums andere Mal rutschten die beiden die Rutsche hinunter, bis Casey den Überblick verlor und aufhörte zu zählen. Die Bank, auf der er mit Amy gesessen hatte, stand nur wenige Meter entfernt, aber Casey weigerte sich, seinen Blick in diese Richtung abschweifen zu lassen. Nach ungefähr einer halben Stunde atmete er schließlich tief durch und zeigte auf die Schaukeln. „Wie wäre es, wenn ich dich anschubse?"

„Würdest du das tun?" Joshuas Augen wurden ganz groß, seine Wangen waren vom kalten Wind und der Aufregung gerötet. „Das macht meine Mama nämlich auch nicht, weil sie sich dabei die Absätze ihrer Schuhe abbricht."

„Das glaube ich." Casey unterdrückte ein Lachen. Nach einigen Minuten versuchte er, sich in die Lage von Joshuas Mutter hineinzuversetzen. Es musste unendlich schwer sein, neben einem anstrengenden Job seinem Sohn, der so einsam war wie Joshua und sich so sehr nach Aufmerksamkeit sehnte, gerecht zu werden. „Erzähl mir von deiner Mama."

Joshua streckte seine Beine und schaukelte noch höher. „Was ist mit ihr?"

„Na ja, geht sie gern zu Partys oder zu Verabredungen, solche Sachen?"

„Nee." Joshua lehnte sich zurück und starrte hinauf in den Himmel, während er hin- und herschaukelte. „Sie arbeitet nur."

„Oh." Casey wusste nicht, was er sonst noch fragen sollte. Er wollte den Jungen nicht gleich bei ihrem ersten Ausflug verärgern. „Dann mag sie ihren Job wohl."

„Sie ist Staatsanwältin. Sie heißt Linda Edwards." Joshua blickte über die Schulter zurück zu Casey. „Sie steht oft in den Zeitungen."

Casey wühlte in seinen Erinnerungen nach dem Namen der Frau. Er kam ihm entfernt bekannt vor, und auf einmal erinnerte er sich. Der Sohn eines seiner Stammgäste in *Casey's Corner* war bei einem Raubüberfall vor einem Jahr erschossen worden. Linda Edwards hatte die Anklage vertreten, da war Casey sich fast sicher. Ja, das war es. Der Vater des Jungen hatte gesagt, Linda Edwards sei hart wie Stahl, und darum sei Manhattan immer noch einigermaßen sicher.

Casey schubste den Jungen erneut an. „Ich glaube, ich habe schon von ihr gehört."

„Ja." Joshuas Stimme klang gelangweilt.

„Und darum arbeitet sie so viel, oder? Weil sie so viele Fälle hat?"

Joshua zuckte die Achseln und bremste seinen Schwung mit

den Füßen ab. Als die Schaukel zum Stillstand kam, drehte er sich zu Casey um und zog die Augenbrauen zusammen. Sein Gesichtsausdruck machte ihn um Jahre älter. „Sie glaubt nicht an die Liebe."

Caseys Herzschlag setzte für einen Moment aus. Er stopfte die Hände in die Taschen seiner Jeans und nickte langsam mit dem Kopf. „Ist das so?"

„Ja." Joshua trat nach den Steinen und beobachtete ein Pärchen auf der anderen Seite des Spielplatzes, das mit zwei kleinen Kindern Hand in Hand spazieren ging. „Sie hat zu Oma gesagt, dass mein Vater sie nicht richtig hätte lieben können, und jetzt ..." Er hob erneut die schmalen Schultern. „Und nun, da Papa tot ist, glaubt sie nicht mehr an die Liebe."

„Oh." Ein Schauder überfiel Casey. „Das ist ja schade." Wie mochte das Leben der Frau wohl ausgesehen haben? Wie kam ein Mensch zu so einer Überzeugung? Was war wohl geschehen, dass sie den Glauben an die Liebe verloren hatte? Sein Stammgast hatte ihm gegenüber von der Frau richtig geschwärmt. Sie sei hart wie Stahl – sowohl im Gerichtssaal als auch außerhalb, falls Joshuas Einschätzung zutraf. Seiner Schilderung nach sperrte sie Kriminelle genauso sicher weg, wie sie ihre eigenen Gefühle einschloss.

Kein Wunder, dass Joshua einen ganz besonderen Freund brauchte.

„Wie viel Uhr ist es?" Joshua sprang von der Schaukel und neigte den Kopf zur Seite. Er hatte Casey einen Einblick in sein Herz gewährt, und dafür war Casey sehr dankbar.

„Wir sollten jetzt gehen."

Die beiden machten sich auf den Weg. Eine Weile sagte keiner einen Ton, bis Casey auf seine Uhr blickte. „Wir haben noch genug Zeit, um eine Pizza essen zu gehen, wenn du möchtest."

Joshuas Gesicht leuchtete auf, und erneut hüpfte er vor Begeisterung in die Höhe. „Pizza ist mein Lieblingsessen. Mit besonders viel Käse und Ananas, aber ohne diese schleimigen schwarzen Dinger, okay?"

„Meinst du Oliven?" Casey lachte in sich hinein und ergriff die Hand des Jungen. „Okay, ohne Oliven."

„Ja, Oliven." Joshua zog die Stirn in Falten. „Die sehen nämlich aus wie aufgeschnittene Augäpfel."

Casey lachte erneut, und auf einmal durchzuckte ihn eine Erkenntnis: Seit Amys Tod hatte er nicht mehr so viel Spaß gehabt. Er durchquerte mit dem Jungen den Park, und sie kehrten in einer kleinen Pizzeria ein, die Casey noch nicht kannte. Er bestellte das Essen, und sie wählten einen Tisch in der Nähe einer alten, kaputten Musikbox. Irgendwann würde er mit ihm zu *Casey's Corner* gehen, aber jetzt noch nicht. Es war noch zu früh; sie kannten sich noch nicht so gut, und da wäre es unangenehm gewesen, wenn die Leute sie mit Fragen bestürmt hätten.

Während sie eine große Pizza mit besonders viel Käse und Ananas verspeisten, richtete Casey den Blick auf Joshua und senkte die Stimme.

„Ich habe über deine Mutter nachgedacht."

„Ja, ich wünschte, sie hätte heute dabei sein können. Sie sagte, sie würde dich nächste Woche kennenlernen."

„Das ist gut." Casey nahm seinen roten Strohhalm in den Mund und trank einen großen Schluck Eiswasser. „Aber ich meinte etwas anderes."

Joshua sah neugierig von seiner Pizza auf. „Was denn?"

„Also, pass auf." Casey blickte zuerst über die eine, dann über die andere Schulter zurück, als würde er Joshua ein großes Geheimnis anvertrauen. „Meine Frau hat früher immer gesagt, dass diejenigen ein Weihnachtswunder erleben können, die fest daran glauben."

„Ein Weihnachtswunder?" Joshua riss die Augen auf.

„Ja." Casey strich über sein Kinn. „Also, vielleicht ist das eine gute Gelegenheit zu überprüfen, ob meine Frau recht hatte. Ob Weihnachtswunder tatsächlich geschehen."

Joshua legte den Kopf schief und ließ sein Pizzastück wieder auf den Teller sinken. „Denkst du, dass es so etwas gibt?"

„Nun", Casey zögerte, „früher nicht." Er nahm seinen Strohhalm, trank einen weiteren Schluck Wasser und ließ seinen Blick auf Joshua ruhen. „Aber irgendetwas in mir sagt mir, dass es stimmt. Es gibt tatsächlich Weihnachtswunder."

„Hey, ich weiß, was du meinst! Ich habe einen Brief geschrieben an ..." Joshuas Augen leuchteten auf, doch dann veränderte sich sein Gesichtsausdruck. „Ich meine, ich glaube an Weihnachtswunder ... wenn du es auch tust, Casey."

„Dann ist das genau, was deine Mutter braucht. Ein ganz besonderes Weihnachtswunder."

Joshuas Kinn sank langsam auf seine Brust. „Ich denke, sie glaubt nicht an Wunder. An überhaupt keine Wunder."

„Na dann ..." Casey richtete sich auf. Die gespielte Verschwörungshaltung war vorbei. Er wollte alles wissen über den Brief des Jungen und hundert andere Dinge, aber solche Fragen würde er sich für später aufheben – wenn sie zehn oder zwölf Pizzen miteinander verspeist hätten. „Wenn sie nicht daran glaubt, dann können wir beide dafür beten, dass es trotzdem geschieht."

Joshuas Augen wurden groß. „Dass Mama an Wunder glaubt?"

„Na ja, vielleicht sollten wir eins nach dem anderen angehen." Casey biss sich auf die Lippe. „Beten wir doch dafür, dass sie wieder an die Liebe glaubt. Das ist ein gutes Anliegen, finde ich."

„Ja." Joshua lächelte ihn verschmitzt an. „Denn wenn sie wieder an die Liebe glaubt, dann glaubt sie eines Tages vielleicht auch an Wunder, richtig?"

„Genau." Casey wollte damit eigentlich sagen, dass schon ein Wunder nötig wäre, um Linda Edwards dazu zu bringen, wieder an die Liebe zu glauben. Denn das eine könnte nur durch das andere erreicht werden. Doch diesen Gedanken behielt Casey lieber für sich. Stattdessen deutete er mit dem Kopf auf die Pizza. „Wir packen den Rest für deine Mutter ein. In zehn Minuten müssen wir zurück sein."

„Okay." Joshua steckte noch ein Stück Pizza in den Mund und spülte es mit einem Schluck seiner Kräuterlimonade hinunter. „Danke für den Nachmittag mit dir, Casey. Es hat mir Spaß gemacht."

„Mir auch." Ein seltsames Gefühl umgab Caseys Herz, und er räusperte sich, um den Kloß in seinem Hals loszuwerden. „Ich denke, wir werden sehr lange gute Freunde sein."

Eine Stunde später, als Casey wieder zu Hause war, tat er etwas, das er seit Monaten nicht mehr gemacht hatte. Er fiel vor seinem Bett auf die Knie und dankte Gott, dass er Joshua Edwards in sein Leben geführt hatte. Und für diese Lebendigkeit, die immer noch in ihm war und seine Gedanken und Seele und alles, was in der nächsten Zeit noch auf ihn wartete, beflügelte. Im Anschluss daran betete er noch für etwas anderes mit einer Eindringlichkeit, die er seit seinem Aufenthalt auf Haiti nicht mehr empfunden hatte.

Er betete, dass Linda Edwards wieder an die Liebe glauben möge.

Nachdem er sein Gebet beendet hatte, zog er sich um, putzte seine Zähne, sah noch ein wenig fern auf dem Sportkanal und ging früher als sonst ins Bett. Er dachte an Amy und versuchte sich vorzustellen, was sie wohl von Joshua gehalten hätte. Sie wäre natürlich begeistert von ihm gewesen. Und wenn er eines ganz sicher wusste, dann, dass er und Joshua nicht die Einzigen waren, die für Mrs Edwards beteten.

Irgendwo dort oben im Himmel betete auch Amy für sie.

Joshua erzählte seiner Mutter von der Pizza und dem Park und den Schaukeln und dass sie dreiundzwanzigmal gemeinsam die große Rutsche hinuntergerutscht waren. Auf dem Heimweg redete er wie ein Wasserfall, auch während des Abendessens und als seine Mutter ihn zu Bett brachte.

Das war der Zeitpunkt, als sie ihren Finger an die Lippen legte. „Genug, Joshua. Du musst jetzt schlafen."

Joshua seufzte. „Er ist der beste besondere Freund auf der Welt, Mama. Warte nur, bis du ihn kennenlernst, dann können wir drei …"

„Joshua." Sie lächelte und gab ihm einen Kuss auf die Nasenspitze. „Er ist bestimmt ganz wundervoll. Ich freue mich, dass du so glücklich bist, aber jetzt musst du erst mal schlafen. Morgen kannst du mir noch mehr von deinem Nachmittag erzählen."

Er blickte ihr nach, wie sie sein Zimmer verließ, und nachdem sie die Tür geschlossen hatte, richtete er sich im Bett auf und sah durch das Fenster neben seinem Bücherregal nach draußen. „Gott, ich bin es, Joshua.“ Er lächelte breit. „Casey ist so cool, Gott. Er ist einfach toll. Ich bin so froh, dass du ihn mir geschickt hast.“ Sein Lächeln wurde ein wenig schmaler. „Casey sagt, wir sollten für Mama beten, dass sie wieder an die Liebe glaubt.“ Joshua kniete sich hin, damit er die Sterne besser sehen konnte. „Darum bin ich jetzt hier, Gott. Und wenn du möchtest, schreibe ich dir noch einen Brief. Denn wenn du mir jemanden wie Casey schicken konntest, dann kannst du das auch in Erfüllung gehen lassen. Und ganz besonders zu Weihnachten. Denn Casey sagt, dass du zu Weihnachten die schönsten Wunder geschehen lässt.“

Kapitel 9

In den vergangenen drei Wochen war Caseys Name so häufig gefallen, dass er schon beinahe zur Familie zu gehören schien.

Linda spritzte sich Wasser ins Gesicht und trocknete ihre Wangen mit einem Handtuch ab. Aus dem Esszimmer drangen Stimmen zu ihr herein.

„Dann hat er mich zu den *Chelsea Piers** mitgenommen, Oma, und wir sind Achterbahn gefahren, und danach haben wir eine große blaue Zuckerwatte gegessen, und er hat Flipper mit mir gespielt, fünf ganze Spiele, sogar nachdem ich ihn geschlagen habe, und ..."

Es war Samstagmorgen. Am gestrigen Tag hatte sich Joshua zum dritten Mal mit seinem besonderen Freund getroffen. Dieses Projekt *Heilende Herzen* war die perfekte Lösung für Joshua, daran bestand kein Zweifel. Linda konnte sich seither viel besser auf ihre Arbeit konzentrieren, und ihr Sohn war glücklicher und ausgeglichener. Er gehorchte auch seiner Großmutter nach der Schule viel besser. Und wann hatte sie außerdem das letzte Mal mit ihm einen Ausflug zu den *Chelsea Piers* gemacht?

Joshuas besonderer Freund hatte es sich sogar angewöhnt,

* Ein Areal am Hafen auf der Westseite Manhattans mit diversen Sport- und Wellnesseinrichtungen, Bowlingbahnen, Sport- und Golfplätzen und Angeboten für die ganze Familie.

auch während der Woche anzurufen, mit ihrem Sohn zu plaudern und ihn nach seinem Schultag zu fragen. Der Mann schien wirklich genauso perfekt zu sein, wie Mrs Eccles ihn dargestellt hatte.

Aber manchmal meldeten sich doch Lindas Zweifel.

Bei diesem Projekt gab es keine Garantien, keinen bindenden Vertrag, der einen alleinstehenden Mann wie diesen Casey daran hindern könnte, wieder aus dem Leben ihres Sohnes zu verschwinden und ihm das Herz zu brechen. Linda musterte ihre Erscheinung im Spiegel. Ihr gefiel, was sie sah. Ohne ihr Make-up wirkte sie jünger als ihre zweiunddreißig Jahre, und nachdem Joshua wieder so fröhlich war, waren auch die winzigen Fältchen um ihre Augenwinkel verschwunden.

Sie schaltete das Licht aus und ging ins Esszimmer.

„Da bist du ja." Ihre Mutter warf ihr einen missbilligenden Blick zu. „Deine Rühreier werden kalt."

Samstags übernahm Lindas Mutter die Aufgabe, das Frühstück vorzubereiten, sodass Linda die Gelegenheit nutzte, ein wenig länger als sonst zu schlafen. Sie lächelte Joshua an. „Du scheinst am Freitag ja wieder viel Spaß gehabt zu haben."

„Ja, aber wieso musstest du denn schon wieder absagen?"

„Das habe ich dir doch erklärt." Linda stellte den Stuhl zwischen Joshua und ihre Mutter und legte sich die Serviette auf den Schoß. „Freitags ist immer viel los im Büro, da kann ich schlecht freimachen."

„Das hast du letzte Woche auch schon gesagt." Joshuas Stimme klang nicht verärgert, nur enttäuscht. „Casey würde dich wirklich gern kennenlernen."

Linda neigte den Kopf zur Seite, während sie eine Gabel mit Rührei zum Mund führte. „Sagt *er* das oder nur du?"

„Na ja …“ Joshua dachte kurz darüber nach. „Er spricht es nicht wirklich aus, aber er denkt es. Ich weiß es. Die Frau im Klub sagt, alle anderen Eltern kennen den besonderen Freund ihrer Kinder, nur du nicht.“

Linda nahm sich vor, sich mit Mrs Eccles in Verbindung zu setzen und sie zu bitten, ihre Meinung für sich zu behalten. Sie sollte ihre Frustrationen nicht an Joshua auslassen.

Lindas Mutter steckte das letzte Stück Toast in den Mund und betupfte ihre Lippen mit der Serviette. Ihre Stimme klang nun freundlicher als vorher. „Also, mein Lieber, wie alt ist denn eigentlich dieser Casey? Studiert er noch?“

Vor lauter Begeisterung wurde Joshuas Stimme eine Nuance lauter. „Er ist vierunddreißig und besitzt ein eigenes Restaurant.“ Joshua blickte zu Linda und wieder zu seiner Großmutter. „Ist das nicht cool?“

„Sehr cool.“ In der Stimme seiner Oma schwang ein neu erwachtes Interesse mit. Sie warf einen vorsichtigen Blick in Lindas Richtung. „Vierunddreißig und Restaurantbesitzer.“ Sie hielt inne. Ein Lächeln umspielte ihre Lippen. „Ich denke, du solltest dir Zeit für ein Treffen nehmen, Linda.“

„Mutter …“ Linda blickte ihre Mutter an und senkte die Stimme. „Ich bin nicht interessiert. Und ich mag es überhaupt nicht, wenn du mich drängst.“

„Mama?“ Joshuas Stimme klang klein und verloren. Er tippte mit dem stumpfen Ende seiner Gabel auf ihre Hand, bis sie sich ihm zuwandte. „Du willst Casey gar nicht kennenlernen?“

Linda blickte ihre Mutter mit hochgezogenen Augenbrauen an und wandte sich dann sofort Joshua zu. „Natürlich möchte ich ihn kennenlernen, Schatz. Ganz bestimmt nächsten Freitag, okay? Ich werde mir den Nachmittag frei halten.“

„Gut, dann rufe ich Casey heute an und sage es ihm."

„Was sagst du ihm?"

„Dass er drei Tickets für das Basketballspiel der *Nets* besorgen soll, nicht nur zwei."

„Hm." Lindas Mutter erhob sich und trug ihren schmutzigen Teller in die Küche. In ihrer Stimme schwang immer noch der fröhliche Tonfall einer Kupplerin mit, den Linda so hasste. „Das scheint mir eine Verabredung zu sein."

„Warte mal!" Joshua sprang vom Tisch auf und rannte zu der Schublade neben dem Telefon. „Die Dame vom Kinderklub hat mir einen Brief für dich mitgegeben. Sie sagte, es sei ganz wichtig, dass du ihn liest." Er holte einen Umschlag aus der Schublade und lief damit zu Linda zurück. „Hier." Er zögerte. „Lies ihn, Mama. Was steht drin?"

Linda zog ein einzelnes Blatt aus dem Umschlag, faltete es auf und las still für sich. Der Brief war von Mrs Eccles, die kurz und knapp ihren Standpunkt darlegte.

Liebe Mrs Edwards,
bei mehreren Gelegenheiten haben wir versucht, mit Ihnen in Kontakt zu treten und Ihnen deutlich zu machen, wie wichtig Ihre Anwesenheit bei einem der Treffen Ihres Sohnes mit seinem besonderen Freund ist. Das Engagement der Eltern bei diesem Projekt ist von größter Bedeutung. Da Sie drei aufeinanderfolgende Begegnungen hier im Klub versäumt haben, geben wir Ihnen die Gelegenheit, ein Treffen mit Joshua und Mr Cummins außerhalb der vereinbarten Freitagstermine zu arrangieren. Unten aufgeführt finden Sie die Festnetz- und Handynummer des Mannes, sodass Sie sich auf einen Termin einigen können. Wenn Sie sich nicht an die vereinbarten

Bedingungen dieses Projekts halten, sind wir gezwungen, Joshua aus dem Programm zu nehmen und Mr Cummins ein anderes Kind zuzuteilen.

Mit freundlichen Grüßen
Mrs Eccles

„Also, Mama, was …" Joshua umklammerte den Tisch und hüpfte aufgeregt in die Höhe. „Was steht drin?"

Linda starrte ihren Sohn an und wusste nicht, was sie ihm antworten sollte. Ihre Mutter stand in der Küche und spülte die Bratpfanne. Zum Glück war sie beschäftigt und stellte nicht noch zusätzliche Fragen. Diese Sozialarbeiterin hatte wirklich Nerven! Drohte sie doch tatsächlich, Joshua aus dem Projekt zu nehmen. Was war denn so schlimm daran, dass sie diesen … diesen Casey noch nicht kennengelernt hatte? Er war doch Joshuas Freund, nicht ihrer. Warum legte das Kinderhilfswerk nur so großen Wert auf die Beteiligung der Eltern?

Ihre Fragen schmolzen dahin wie der Schnee im Frühling.

Ob Linda nun mit den Bestimmungen einverstanden war oder nicht, es nützte nichts, sie musste mitspielen. Einen Mann in seinem Leben hatte Joshua bereits verloren; auf keinen Fall würde sie tatenlos zusehen, wie auch noch Casey aus seinem Leben verschwand. Und nur, weil sie sich nicht an die Richtlinien der Organisation gehalten hatte.

„Joshua." Sie faltete den Brief zusammen und steckte ihn wieder in den Umschlag zurück. Wenn sie sich schon treffen mussten, dann sollte sie das am besten so schnell wie möglich hinter sich bringen. „Was meinst du, wollen wir Casey zum Abendessen zu uns einladen?"

„Ja!" Joshua drehte sich mehrmals um sich selbst und sprang mit hochgereckter Faust in die Höhe. „Das wäre das Schönste auf der Welt, Mama! Wann soll er kommen?"

Linda überlegte kurz. Sie könnte am morgigen Sonntag relativ früh mit ihrer Arbeit fertig werden und mit dem Mann und Joshua zu Abend essen. Dann könnte sie am Montag Mrs Eccles anrufen und ihr mitteilen, dass ihre Bedingungen erfüllt seien. Außerdem spielte ihre Mutter am Sonntagabend immer Bridge; sie wäre also nicht da und könnte keine peinlichen Andeutungen machen. Sie lächelte Joshua an. „Wie wäre es mit morgen?"

„Ja! Ja ... ja ... ja!" Joshua flitzte zum Telefon, schnappte es sich und kam wieder zu Linda gerannt. „Hier!" Er war außer Atem, seine Augen funkelten vor Begeisterung. „Hier, Mama. Ruf ihn an."

Die Großmutter hatte mitbekommen, was sie besprochen hatten, und warf Linda einen wissenden Blick zu, während sie die Bratpfanne abtrocknete. Linda knirschte mit den Zähnen und zwang ein Lächeln auf ihr Gesicht. „Dein Freund kennt mich doch gar nicht, Schatz. Ruf du ihn an. Sag ihm, es wäre schön, wenn er um achtzehn Uhr kommen könnte, okay?"

Joshua grinste. „Ist gut. Ich rufe ihn auf dem Handy an." Er drückte die Zahlenfolge ein, die ihm in den vergangenen Wochen so vertraut geworden war. Das anschließende Gespräch war kurz. Als Joshua auflegte, strahlte er Linda an.

„Er war bei der Arbeit. Aber er sagt, er wird morgen um achtzehn Uhr hier sein." Joshua legte das Telefon aus der Hand, schlang die Arme um Lindas Beine und drückte sie. „Danke, Mama. Ich weiß, dass du ihn genauso lieben wirst wie ich."

Linda konnte sich nicht erklären, warum sie so nervös war.

Es war ein paar Minuten vor 18 Uhr am Sonntagabend. Sie hatte Hackbraten und Ofenkartoffeln vorbereitet, und alles war fertig, trotzdem hatte sie ein seltsames Gefühl in der Magengegend. Hoffentlich verstanden sie sich und hatten keine Meinungsverschiedenheiten. Vielleicht hatte er ja in der Zeitung über ihre Arbeit gelesen und mochte keine Staatsanwältinnen. Und was wäre, wenn Caseys Zuneigung zu Joshua durch den Abend weniger wurde?

Linda schob ihre Gedanken beiseite und schaltete den Ofen aus. In diesem Augenblick läutete es an der Tür. Sie fuhr mit den Fingern ein letztes Mal durch ihre Haare und beobachtete, wie Joshua aus seinem Zimmer stürzte und zur Wohnungstür flitzte.

„Casey!“, rief er in dem Augenblick, als er die Tür aufriss. „Komm mit, ich zeige dir mein Zimmer!“

„Warte einen Augenblick, Kumpel. Ich denke, ich sollte zuerst deine Mutter begrüßen.“ Die Tür öffnete sich ein wenig weiter, und ein Mann erschien im Türrahmen und hielt Joshua an der Hand. Er war groß, breitschultrig und trug ausgeblichene Jeans und ein Sweatshirt mit der Aufschrift NYC. Seine dunklen Haare waren kurz geschnitten, seine Augen von einem klaren Blau wie das Wasser vor der Südspitze Floridas. Er hatte etwas an sich, das Linda seltsam bekannt vorkam, doch sie konnte es nicht richtig einordnen.

Sie legte die Topflappen auf die Arbeitsfläche und trat zu ihnen ins Wohnzimmer. „Ich bin Linda. Wie schön, dass Sie kommen konnten.“

„Mein Name ist Casey.“ Er nickte kurz und schüttelte ihr die Hand. „Danke für die Einladung.“

Eine unbehagliche Stille breitete sich zwischen ihnen aus, aber nur für einen kurzen Augenblick. Sofort zupfte Joshua Casey wieder am Arm. „Komm mit, ich zeige dir den Düsenflieger, den du mir geschenkt hast. Er ist schon fertig aufgebaut!"

Casey und Linda lachten leise und lächelten sich kurz an. „Ich denke, ich muss mal schnell mitgehen."

„Nur zu. Wir essen in ein paar Minuten."

Innerhalb kürzester Zeit servierte Linda das Essen, und da Joshuas Mund keinen Augenblick stillstand, fanden Linda und Casey gar keine Möglichkeit, ein paar Worte miteinander zu wechseln. Schließlich musste Linda ihren Sohn ermahnen, still zu sein und seinen Teller leer zu essen. Nachdem Joshua verstummt war, wandte sich Casey an sie.

„Joshua hat mir erzählt, dass Sie mit ihm häufiger zum Spielplatz *East Meadow* gehen. Das ist mein Lieblingsspielplatz. Der mit der großen Rutsche."

„Ja, wir sind immer ..." Linda brach ab. „Warten Sie ... genau, da habe ich Sie schon mal gesehen."

Casey legte seine Gabel aus der Hand und starrte sie verblüfft an. „Ich kann mich nicht erinnern, Ihnen begegnet zu sein."

„Wir sind uns auch nicht begegnet." Die Situation stand Linda jetzt deutlich vor Augen. „Sie joggen, richtig?"

„Jeden Tag."

„Vor einem Monat war ich mit Joshua auf dem Spielplatz, und ich glaube, Sie saßen ganz allein auf einer Bank im hinteren Teil des Spielplatzes." Ganz plötzlich erinnerte Linda sich wieder, wie traurig die Augen des Mannes an jenem Tag ausgesehen hatten, darum wählte sie ihre Worte mit Bedacht. „Sie trugen einen Jogginganzug und eine Strickmütze. Sie wirkten sehr nachdenklich."

Caseys Blick wanderte von Linda zu Joshua. „Okay, jetzt geht mir ein Licht auf. Joshua kam mir die ganze Zeit so bekannt vor, als hätte ich ihn schon vorher einmal gesehen.“ Zögernd richtete er seine Aufmerksamkeit wieder auf Linda. „Das war ein langer Tag für mich, an dem ich mich auf diese Bank setzte. Bei der Arbeit, meine ich. Ich beobachtete Joshua beim Spielen und dachte, er scheint … ein netter Junge zu sein.“

Linda schaute in Caseys Augen und entdeckte Lücken in seiner Geschichte, die so groß waren, dass ein Lastwagen hätte hindurchfahren können. Aber das ging sie nichts an. Außerdem war dieses Abendessen ja nur eine Formalität. Sie lächelte höflich und gezwungen. „Die Welt ist wirklich klein.“

„Sehr klein.“

Joshua beteiligte sich wieder am Gespräch, und sie unterhielten sich über die vergangene Baseballsaison und ob die *Nets* wohl in diesem Jahr gut abschneiden würden oder nicht.

Casey wandte sich von Joshua ab und sah Linda in die Augen. „Joshua sagte, ich solle drei Eintrittskarten für Freitag besorgen. Kommen Sie mit?“

Linda fühlte sich gefangen. Sie legte die Gabel auf ihren Teller und blickte zwischen Joshua und Casey hin und her. Der Mann war ja nur höflich, aber Joshua fieberte praktisch danach, dass sie Ja sagte. „Sehr gern.“ Sie unterdrückte einen tiefen Seufzer. „Ich komme gern mit.“

„Cool! Wir werden viel Spaß haben!“ Joshua steckte ein Kartoffelstück in den Mund und schaute erneut zu Casey. „Ich habe Spielkarten zum Rechnen in meinem Zimmer. Wenn du Lust hast, können wir nach dem Essen damit spielen.“

„Gern, Kumpel. Ich liebe Spielkarten.“

Das Geplänkel ging weiter, und Linda hielt sich möglichst aus dem Gespräch heraus. Auf diese Weise konnte sie den Mann besser beobachten, der ihr an jenem Tag auf dem Spielplatz *East Meadow* aufgefallen war. Zwangsläufig machte sie sich Gedanken über das, was er erlebt hatte. Mrs Eccles hatte ihr erzählt, dass er seine Frau und sein Baby verloren hatte. Und ganz sicher erklärte diese Tragödie den Ausdruck in seinen Augen an jenem Tag auf dem Spielplatz. Aber wie kam es, dass er und ihr Sohn eine solche Zuneigung zueinander entwickelt hatten, noch dazu in dieser kurzen Zeit? Es war beinahe so, als würden sie sich schon Jahre kennen.

Bald waren sie mit dem Abendessen fertig, und gegen halb acht setzte Linda auch dem Spielen in Joshuas Zimmer ein Ende. „Morgen ist wieder Schule, Joshua. Tut mir leid, aber …"

Sie und Joshua begleiteten Casey zur Tür, aber Joshua drehte sich noch einmal um und lief zurück in sein Zimmer. „Geh noch nicht, ich habe noch etwas vergessen."

Als Joshua fort war, begegnete Linda Caseys Blick und hielt ihm stand. Nachdem sie ihn nun kennengelernt hatte und beobachten konnte, wie wundervoll er sich mit ihrem Sohn verstand, empfand sie große Schuldgefühle, dass sie die vergangenen drei Treffen versäumt hatte. „Casey, hören Sie." Sie sprach leise, damit Joshua nichts mitbekam. „Dass ich die anderen Treffen versäumt habe, tut mir leid. Ich hätte ihnen oberste Priorität einräumen sollen."

„Das macht doch nichts. Der heutige Abend wird die gute Mrs Eccles zufriedenstellen." Casey zwinkerte Joshua zu, der zu ihnen gerannt kam und Casey eine Zeichnung in die Hände drückte. „Außerdem haben wir uns großartig amüsiert, nicht wahr, Sportsfreund?"

„Ja." Joshua klatschte Casey ab und deutete auf die Zeichnung. „Das Bild habe ich für dich gemalt."

„Wow." Casey bewunderte es ausgiebig. „Das ist toll. Es wird einen Ehrenplatz in meiner Wohnung bekommen."

„Super!" Joshuas Augen funkelten ein wenig mehr als sonst. „Sollen wir Mama von dem Gebet erzählen?"

„Nein." Casey grinste Linda fröhlich an. „Das Gebet sollte für den Augenblick vielleicht unser Geheimnis bleiben."

„Ein geheimes Gebet also, ja?" Linda warf Joshua einen neckenden Blick zu. „Ich hoffe, es ist etwas Gutes."

„Ja." Joshua nickte in Caseys Richtung. „Etwas sehr Gutes."

Sie vereinbarten einen Treffpunkt für das Basketballspiel am kommenden Freitag und verabschiedeten sich. Nachdem Casey gegangen war, brachte Linda Joshua zu Bett und zog sich dann in ihr Büro zurück, um noch ein wenig zu arbeiten.

Erst jetzt fiel ihr wieder ein, dass sie ganz vergessen hatte, Joshua nach diesem geheimnisvollen Gebet zu fragen. Worum es dabei auch ging, es würde schon nicht schaden, wenn die beiden für sie beteten, auch wenn sie selbst schon lange nicht mehr an das Gebet glaubte. Sie schlug die Akte auf, an der sie gearbeitet hatte, und legte ihre Hände auf die Tastatur.

Aber sie konnte sich nicht konzentrieren, auch in der folgenden Stunde nicht.

Um halb zehn gab sie den Versuch zu arbeiten endlich auf und ging zu Bett. Der letzte Gedanke, bevor sie einschlief, drehte sich nicht darum, wie sie den Fall auf ihrem Schreibtisch gewinnen, einen Zeugen in die Enge treiben oder ein fehlendes Beweisstück finden könnte. Er drehte sich nicht einmal um Joshua.

Stattdessen hatte sie das Lächeln eines Mannes vor Augen,

den sie gerade erst kennengelernt hatte. Ein Mann, bei dem sie das Gefühl hatte, ihn schon ihr ganzes Leben lang zu kennen, obwohl sie sich nur einmal zufällig im *Central Park* begegnet waren.

❖

An jenem Abend blieb Casey lange auf und dachte an Amy.

Sie und Linda Edwards hatten keinerlei Gemeinsamkeiten. Amy war ein einfaches Mädchen gewesen, Linda dagegen war sehr kultiviert. Amys Naivität stand in krassem Gegensatz zu Lindas Cleverness im Gerichtssaal. Keine Frage, Joshuas Mutter war sehr hübsch, aber sie hatte ihr Herz verschlossen, und mit so einem Menschen mochte Casey nicht länger als nötig zusammen sein.

Trotzdem betete er an jenem Abend für sie wie an jedem Abend, seit er und Joshua das Abkommen getroffen hatten. Ein geheimes Gebet hatte er es am Abend genannt. Und das war es auch. Denn Casey hatte den Eindruck, dass Linda das Ganze unterbinden und verbieten würde, falls sie erfahren sollte, wofür sie beteten: nämlich dass Linda wieder an die Liebe glaubte. Sie hatte so etwas Gebieterisches an sich.

Casey war froh, dass Linda eingefallen war, wo sie sich schon einmal gesehen hatten. Natürlich im Park. Das ergab auch einen Sinn. Wenn Linda und Joshua häufiger auf dem Spielplatz waren, dann waren sie sich an jenem Nachmittag dort begegnet. Aber kurz bevor Casey an diesem Abend in seinem Fernsehsessel während der Sportschau einschlief, durchzuckte ihn ein seltsamer Gedanke.

An jenem Tag im Park konnte er die Frau nur kurz gesehen

haben. An den Augenblick auf der Bank, den sie ihm beschrieben hatte, konnte er sich gar nicht erinnern, denn er war zu gefangen gewesen in seiner Vergangenheit, um eine fremde Frau zu bemerken, die ihn von der anderen Seite des Spielplatzes aus beobachtete.

Aber wenn er sich nicht einmal an sie erinnern konnte, warum um alles in der Welt kam sie ihm dann so bekannt vor?

Kapitel 10

Linda wollte mehr über Casey Cummins erfahren und nutzte die Gelegenheit während des Spiels der *Nets*.

Als es Halbzeit war, wartete sie mit ihm vor der Männertoilette auf Joshua. „Casey ..." Sie lehnte sich an die Wand und stieß ihn mit dem Ellbogen an. „Ich habe eine Frage an Sie."

„Nur zu."

„Warum war es so ein langer Tag?"

Casey blickte sie so verblüfft an, als hätte sie ihn gebeten, die Stadiontreppe hinunterzufliegen. „Was meinen Sie?"

„Jener Tag im Park, als ich Sie zum ersten Mal sah." Ihr Tonfall war nicht kokett oder drängend, sondern sehr sachlich. Sie hoffte, ihn dazu bringen zu können, seine Verteidigungsmauer einzureißen und sich ihr zu öffnen. Ihr Sohn war total begeistert von diesem Mann, und sie wollte einfach mehr über ihn in Erfahrung bringen, nicht nur seinen Namen und seinen Beruf kennen. „Warum war es so ein langer Tag?"

Die Muskeln in seinem Gesicht spannten sich ein wenig an, und der Schmerz, den Linda an jenem Nachmittag im Park wahrgenommen hatte, blitzte erneut in Caseys Augen auf. „Es war mein Hochzeitstag. Der achte."

„Oh." Linda senkte den Blick auf den gefliesten Boden. „Ich hätte nicht fragen sollen."

„Ist schon in Ordnung." Casey steckte seine Hände in die

Taschen seiner Jacke und lehnte sich ebenfalls an die Wand. „Joshua fiel mir auf, weil ich an meinen kleinen Jungen gedacht habe."

Linda hätte sich am liebsten in ein Mauseloch verkrochen. Was immer Casey mit seiner Frau geteilt hatte, es war viel reicher, viel bedeutungsvoller gewesen als die Ehe von George und ihr. Sie wollte sich gerade entschuldigen, als er das Wort ergriff.

„Jetzt sind Sie an der Reihe."

Sie lächelte ihn traurig an. „Das ist nur fair."

Er neigte den Kopf zur Seite und sah ihr fest in die Augen. „Warum glauben Sie nicht an die Liebe?"

Bevor Lindas Herzschlag sich wieder normalisieren konnte, hüpfte Joshua aus der Toilette und stellte sich zwischen sie. „Mama, können wir vor der zweiten Halbzeit einen Hotdog kaufen? Bitte!"

Über seinen Kopf hinweg flüsterte sie: „Nicht jetzt, okay?"

„Okay." Casey grinste, und sein Gesichtsausdruck verriet ihr, dass er bezweifelte, dass sie ihm eine Antwort gegeben hätte.

Am Ende des Abends erklärte Casey, er habe noch einige Tickets für ein Footballspiel am kommenden Sonntag im Stadion der *Giants*. Als Casey sie dieses Mal fragte, ob sie mitkommen wolle, stimmte Linda sehr viel schneller zu.

Das Spiel am Sonntag war unglaublich spannend, und am Ende des Abends feuerten die drei ihre Mannschaft aus voller Kehle an.

„Es gibt doch nichts Besseres als ein Footballspiel der *Giants!*", rief Casey über das Gebrüll der Zuschauer hinweg.

„Ja, das stimmt!"

Am Ende des Wochenendes hatte Linda mehr denn je das Gefühl, Casey Cummins schon ihr ganzes Leben lang zu kennen. Sie rechnete damit, dass sein Interesse nachließ, sich in nichts auflöste, wie sie das bereits von früher kannte. Schließlich hatten sie sich nur getroffen, weil es die Organisatoren des Projekts gefordert hatten. Caseys Interesse galt Joshua, nicht ihr. Aber einige Tage später rief Casey abends an. Linda nahm den Anruf entgegen. „Hallo?“

„Wissen Sie was?“

„Was?“ Linda hatte darauf geachtet, dass ihre Freundschaft einfach und sachlich blieb, trotz ihrer sehr persönlichen Fragen beim Basketballspiel. Aber bei Gelegenheiten wie dieser musste sie sich eingestehen, dass der Klang seiner Stimme ein Kribbeln in ihr auslöste.

„Es schneit!“ Casey freute sich wie ein Kind in Joshuas Alter.

„Ja.“ Sie kicherte. „Und es ist 19 Uhr.“

„Die perfekte Zeit, um im Park eiszulaufen.“ Er zögerte. „Wollman's Eislaufbahn, Linda. Was sagen Sie? Sie und Joshua machen sich fertig, und wir überraschen ihn, okay?“

„Also ...“ Wo war nur ihre eiserne Entschlossenheit geblieben? Das war wirklich eine seltsame Geschichte. Aber sie wagte nicht, ihre Empfindungen in Worte zu fassen. Bisher war es ihr gelungen, ihre Gefühle vor ihrer Mutter geheim zu halten, und wenn sie nur ein bisschen Verstand im Kopf hatte, würde sie es auch dabei belassen. Denn schließlich war der Mann ja nicht auf eine Beziehung aus. Er liebte seine verstorbene Frau noch immer. Außerdem wäre es nicht gut, sich in Joshuas besonderen Freund zu verlieben. Sie war zu sehr mit ihrer Arbeit beschäftigt und ihr Herz war zu verschlossen, als dass sie Platz in ihrem Leben für einen Mann wie Casey gehabt hätte.

Ihr Blick wanderte zu der Uhr an der Mikrowelle. „Jetzt sofort?“

„Ach, kommen Sie, Linda. Man lebt nur einmal."

„Ich weiß nicht …" Linda zögerte gerade so lange, dass er Zeit hatte, sie zu überrumpeln.

„Gut! Ich hole euch beide in zwanzig Minuten ab."

Joshua war begeistert von der Überraschung, und er plapperte ununterbrochen, bis Linda, nachdem sie die Eislaufbahn zum ersten Mal zur Hälfte umrundet hatten, auf dem Hintern landete.

Joshua war erschrocken und ganz besorgt, aber Casey unterdrückte ein Lachen, als er ihr die Hand hinstreckte, um ihr beim Aufstehen zu helfen. „Wenn der Richter Sie jetzt so sehen könnte."

„Hören Sie bloß auf." Linda gab einen Laut von sich, der mehr wie ein Lachen als wie ein Stöhnen klang. Erst jetzt entspannte sich Joshua und beteiligte sich wieder am Gespräch. Sie zuckte zusammen, als sie sich aufrappelte und das Eis von ihrer Wollhose abklopfte. Doch an diesem Abend machte sie kein zweites Mal mehr Bekanntschaft mit der Eisfläche, und als sie nach Hause kamen, umarmte Joshua Casey schnell und rannte in die Wohnung. Casey und Linda blieben vor der Tür stehen, immer noch atemlos von dem Abenteuer.

Ihre Blicke trafen sich und hielten einen Augenblick lang inne. Ein Dutzend Fragen schossen Linda durch den Kopf, die sie ihm gern gestellt hätte. Was taten sie hier und wohin sollte das führen? Und vor allem, war es nicht wundervoll, wieder lachen zu können? Aber solche Fragen würden Casey in die Flucht treiben, da war sie sich sicher. Außerdem konnte sie an diesem Abend nicht klar denken, weil Eislaufen im *Central Park* im Dezember mit einem gewissen Zauber behaftet war. Und für solch einen Zauber gab es nun mal keine Erklärungen.

Schließlich war der Augenblick vorüber, und die nächsten Tage vergingen wie im Flug. Immer häufiger leistete sie Casey und Joshua bei ihren Unternehmungen im Park oder anderswo Gesellschaft. Jedes Mal befürchtete sie, es könnte das letzte Mal sein. Denn letztlich ging es um die Freundschaft ihres Sohnes zu Casey, und sie spielte dabei keine Rolle. Außerdem hatte sie die Bedingungen des Projekts erfüllt und Casey kennengelernt. Jetzt war es nur wichtig, dass Casey seine Zeit Joshua widmete.

Sie gehörte nicht dazu.

Aber Casey lud sie immer wieder zu ihren Verabredungen ein, und sie hörte sich immer Ja sagen.

Gemeinsam sahen sie sich ein Weihnachtsstück in einem kleinen Theater in Manhattan an, und einige Tage später lud er sie zum Abendessen in sein Café ein. Das Lokal war gemütlich und sehr geschmackvoll ausgestattet mit Broadway-Postern und Straßenschildern. Ein Bär von einem Mann am Tresen schüttelte Linda und Joshua herzlich die Hand. „Ihnen haben wir es also zu verdanken, dass sich der alte Casey in letzter Zeit hier nicht mehr so häufig blicken lässt, ja?" Sein Lächeln erhellte den Raum.

Casey führte Linda und Joshua zu einem der Tische am Fenster. Sie beobachtete, wie er durch das Café ging und mit einigen der Gäste kurz plauderte. Er war ein erfolgreicher Geschäftsmann, und viele Menschen mochten ihn, das war nicht zu übersehen. Casey kehrte wieder zum Tresen zurück, und der Mann in der Küche beugte sich vor, um ihm etwas zuzuflüstern.

Casey lächelte nur und hob beide Hände. Als er an den Tisch zurückkehrte, fragte ihn Linda, was der Mann ihm gesagt hatte. „Na schön, raus mit der Sprache. Sie haben Ärger mit Ihren Angestellten wegen uns, richtig?"

„Wohl kaum.“ Casey grinste. „Also, was habt ihr zum Abendessen ausgesucht?“

⁂

So hektisch wie der November verlaufen war, so ruhig wurde es im Dezember. Der Terminplan des Gerichts erfreute sich einer gähnenden Leere. Die Verhandlungen, die noch stattfanden, dienten dem Zweck, eine Vertagung bis nach den Feiertagen zu erreichen, und Linda stellte fest, dass sie sich auf die freie Zeit freute, die sie einmal nicht in ihrem Büro verbrachte.

Aber natürlich fragte sie sich auch, was der Januar bringen würde, wenn ihr Terminkalender wieder zum Bersten gefüllt und ihre Freundschaft mit Casey nichts Neues mehr war. Immer wieder rief sie sich in Erinnerung, dass er sie nicht ihretwegen kennengelernt hatte, sondern wegen Joshua. Und sie nahm sich vor, dass sie ab Januar an den Treffen der beiden nicht weiter teilnehmen würde.

„Er ist auf dem besten Weg, sich in dich zu verlieben, Linda“, bemerkte ihre Mutter eines Tages, als sie gerade zur Arbeit fahren wollte. „Und wie sieht es bei dir aus?“

„Das ist doch lächerlich, Mutter. Wir sind erwachsene Menschen, und keiner von uns läuft Gefahr, sich zu verlieben. Ich möchte nur meinen Teil dazu beitragen, dass Joshua ihn besser kennenlernt.“

„Ja klar, und ich bin der Osterhase.“ Ihre Mutter schnalzte mit der Zunge und legte die Stirn in Falten. Eine Zeit lang schwieg sie und sagte dann: „Wage es nicht, diesem Jungen wehzutun, Linda. Ich kenne dich.“

„Du meine Güte, Mutter. Schließlich war ich es doch, die

Joshua für dieses Projekt angemeldet hat. Ich habe doch nicht vor, ihm wehzutun."

Ihre Mutter senkte den Kopf und warf Linda einen Blick zu, der bis in ihr Innerstes drang. „Ich spreche nicht von Joshua." Sie hielt kurz inne und sprach dann etwas leiser weiter. „Wenn du nichts für ihn empfindest, dann solltest du lieber ein wenig auf Abstand gehen."

Zorn und Frustration vermischten sich und kochten in Linda hoch. Natürlich durfte sie ihrer Mutter auf keinen Fall verraten, dass sie tatsächlich auf dem besten Weg war, sich in Casey zu verlieben. Und das, obwohl sie davon überzeugt war, dass er ihre Gefühle nicht erwiderte. Außerdem glaubte sie doch gar nicht an die Liebe. War das nicht so? Vielleicht hatte ihre Mutter recht. Vielleicht war es an der Zeit, dass sie den Rückzug antrat, damit keiner von ihnen verletzt wurde.

Sie schnaubte. „Ich brauche nicht auf Abstand zu gehen. Er ist ein Freund, Mutter, sonst nichts."

Die Tage vergingen, und noch immer fanden sie, Casey und Joshua Möglichkeiten, etwas zusammen zu unternehmen. Gemeinsam spazierten sie durch den *Central Park* und lieferten sich eine Schneeballschlacht auf der Wiese zwischen den Tennisplätzen und dem See. Caseys Finger waren steif gefroren.

„Wo sind Ihre Handschuhe?" Linda ließ sich neben ihm auf die Parkbank sinken und beobachtete Joshua, der die Büsche mit Schneebällen bombardierte.

„Ich habe sie vergangene Woche im Café verloren." Casey zuckte die Achseln. „Ich lebe noch. Außerdem gibt es ja Manteltaschen."

Sie gingen bei *Macy's*, dem größten Kaufhaus der Welt, einkaufen und bewunderten die Lichter der Stadt von einer

Pferdekutsche aus. Nach der Warnung ihrer Mutter achtete Linda peinlich genau darauf, dass ihr Arm nicht mehr zufällig Caseys berührte, damit er keinen falschen Eindruck bekam. Und so schön ihre gemeinsamen Abende auch waren, nie gab er ihr einen Hinweis darauf, dass er an ihr interessiert sein könnte.

Einen Tag vor Heiligabend rief Casey an und plauderte ein wenig mit Joshua. Dann wollte er Linda sprechen.

„Hallo?"

„Hallo, Linda ... hören Sie, ich würde gern ein Geschenk für Joshua vorbeibringen. Wäre morgen in Ordnung?"

Beim Klang seiner Stimme machte Lindas Herz einen Satz. Der Monat war schon fast vorüber, und sie hatte das beklemmende Gefühl, dass dies ihre letzten gemeinsamen Tage waren und dass nach Silvester alles anders werden würde. Aber jetzt war jetzt, und sie wollte keine Gelegenheit versäumen, bei der sie sich zu dritt noch einmal sahen. „Ja, sehr gern. Wie wäre es, wenn Sie zum Abendessen kommen? An Heiligabend gibt es bei uns immer Truthahn."

„Und das wäre Ihnen recht?"

„Natürlich", erwiderte Linda. Ganz bewusst vermied sie es, sich ihre Freude anmerken zu lassen. „Wir freuen uns auf Sie."

Joshua war total begeistert von der Idee, und Lindas Mutter versprach, sich von ihrer besten Seite zu zeigen. Am nächsten Abend brachte Casey eine Packung geröstete Mandeln und einen Strauß weißer Rosen für Linda mit.

Er überreichte ihr die Blumen und rieb seine kalten Hände aneinander. „Ich hoffe, sie sind nicht erfroren."

Linda nahm den Blumenstrauß entgegen, und einen Augenblick fragte sie sich, ob er sich bewusst für weiße statt roter

Rosen entschieden hatte. „Sie sind wunderschön, Casey. Vielen Dank."

„Ich dachte, dass eine Staatsanwältin in New York City vermutlich nicht allzu oft Blumen bekommt." Er blickte zu Joshua hinunter und reichte ihm eine in Geschenkpapier eingepackte Schachtel. „Außerdem war Ihr Sohn mir keine große Hilfe bei Vorschlägen für ein Weihnachtsgeschenk für seine Mutter."

„Darf ich es aufmachen?" Joshua hatte den Finger bereits unter das Papier geschoben, um es aufzureißen, und wartete nur noch auf die Erlaubnis.

Linda und Casey lachten, und Casey nickte. „Nur zu, Kumpel."

Joshua riss das Papier auf. In der Schachtel fand er genau den Baseballhandschuh, den er sich schon seit drei Monaten wünschte. „Wow … ich glaub's nicht. Können wir ihn ausprobieren? Bitte!"

„Weißt du was?" Casey ging vor Joshua in die Hocke, nahm den Handschuh und faltete ihn ungefähr in der Mitte zusammen. „Leg ihn so unter deine Matratze. Und wenn der Schnee schmilzt, dann kannst du die Bälle besser fangen als Mark McGwire."

Der Abend verging in fröhlicher Atmosphäre. Linda servierte das Essen, und sie ließen sich den Truthahn schmecken. Nach dem Essen schenkte Joshua Casey ein gerahmtes Foto von ihnen beiden für die Wand in seinem Café. Linda hatte ein Paar Handschuhe für ihn gekauft.

Rote Handschuhe.

„Joshua hat mir erzählt, Sie meinten, Rot sei die Farbe des Schenkens." Sie neigte den Kopf zur Seite. „Ich dachte, es gibt keinen, der in den vergangenen Monaten mehr verschenkt hat als Sie.“ Ihre Stimme bekam einen neckenden Unterton. „Außerdem sind Sie bei einer Schneeballschlacht ohne Handschuhe nicht viel wert.“

Ein trauriger, abwesender Ausdruck blitzte in seinen Augen auf, aber nur ganz kurz. „Das stimmt.“ Dann lächelte er und streifte die Handschuhe über. „Rot ist die Farbe des Schenkens, und mit denen hier“, er warf Joshua einen Blick zu, „werde ich dir ein paar ganz schön gemeine Schneebälle schenken.“

Nachdem sie ausgepackt hatten, spielten sie Monopoly und schauten sich den Film *Ist das Leben nicht schön?* an. Lange bevor der Engel seine Flügel bekam, zog sich Lindas Mutter in ihr Zimmer zurück, und Joshua schlief auf der Couch ein. Als der Film zu Ende war, schalteten sie das Fernsehgerät aus, und das Zimmer wurde nur noch vom Schein des Weihnachtsbaumes erleuchtet.

Linda wollte Joshua in sein Zimmer tragen, als Casey sich erhob und die Hände ausstreckte. „Lassen Sie mich das machen.“

Sie sank wieder auf die Couch zurück und beobachtete, wie er ihren schlafenden Sohn auf die Arme nahm und ihn in sein Zimmer trug. *Tu dir das nicht an, Linda. Aus deinen Empfindungen kann nichts Gutes entstehen. Das ist ein Trick, ein übler Scherz. Sieh zu, dass die Mauern stehen bleiben, dann wird auch niemand verletzt.*

Doch als Casey ins Zimmer zurückkam, beschleunigte sich ihr Herzschlag bei seinem Anblick. Sie konnte kaum darauf hoffen, dass die Mauern stehen bleiben könnten, da Caseys Freundlichkeit sie doch längst eingerissen hatte.

Er schenkte zwei Tassen Kaffee ein und kehrte zu dem Platz neben ihr auf dem Sofa zurück. „Hier.“

„Danke.“ Ihre Stimme klang weicher als vorher. Sie war dankbar für das gedämpfte Licht und froh, dass er ihre geröteten Wangen nicht sehen konnte. „Joshua war fix und fertig.“

Casey lachte und schüttelte den Kopf. „Ich habe noch nie ein Kind erlebt, das so voller Leben steckt.“

Linda wollte ihn darauf hinweisen, dass Joshua nicht immer so gewesen war, doch auf einmal empfand sie eine seltsame Schüchternheit. Ihr fehlten die richtigen Worte. Casey saß so dicht neben ihr, dass sie sein Rasierwasser roch, und sie konnte sich nicht entscheiden, ob sie ihn verabschieden oder einen Weg finden sollte, den Abend noch ein wenig in die Länge zu ziehen.

„Also gut.“ Casey trank einen Schluck Kaffee und stellte den Becher auf seinen Knien ab. „Jetzt können Sie nicht mehr vor der Frage davonlaufen.“

„Welcher Frage?“

Casey zögerte, und sein Blick suchte ihren. Eine seltsame Sanftheit lag darin, und sie spürte seine Anteilnahme und dass er es sehr ernst meinte. „Warum glauben Sie nicht an die Liebe?“

Linda brauchte eine Weile, bis sie sich gefasst hatte. Dann riss sie sich zusammen und warf ihm einen neckenden Blick zu. „Warum wollen Sie das wissen?“

„Weil ...“ Casey streckte die Hand aus und strich Linda eine Haarsträhne aus dem Gesicht. Die Berührung seiner Finger an ihrer Stirn durchzuckte sie wie ein Stromschlag. In ihr erwachte die Sehnsucht nach einem Kuss von ihm. Diese Empfindungen erschreckten sie. Er ließ seine Hand wieder auf den Schoß sinken, und seine Stimme war kaum lauter als ein Flüstern. „Weil ich manchmal denke, dass Sie die Liebe selbst dann nicht erkennen würden, wenn sie während eines Spiels der *Giants* neben Ihnen säße."

Linda bemühte sich, seine Bemerkung nicht zu interpretieren. Sie atmete tief durch und stellte ihre Tasse auf den Couchtisch. „Wollen Sie das wirklich wissen?"

Casey nickte. „Ja."

„Okay, ich erzähle es Ihnen." Und mit vorsichtigen, manchmal von Trauer erfüllten Worten begann sie zu erzählen. Sie sprach über ihren Vater und dass er ohne Vorwarnung seine Familie verlassen hatte, und wie sie George kennengelernt und geglaubt hatte, dass ihr gemeinsames Leben ganz anders verlaufen würde als das ihrer Eltern.

„Aber auch er hat mich nicht geliebt. Nicht wirklich." Ihre Unterlippe begann zu zittern. Sie biss darauf, um zu verhindern, dass ihr die Tränen in die Augen stiegen. „Er wollte, dass ich meinen Beruf ausübe, doch kurz nach meinem Examen stellte ich fest, dass ich schwanger war."

„Er liebte Joshua." Es war eine Feststellung, so als ob Casey mehr wüsste, als Linda ahnte.

„Ja, das stimmt. Aber dieses Gefühl schloss mich nicht ein. Ich war für George nie mehr als eine Geschäftspartnerin."

„Und das ist der Grund? Das ist der Grund, warum Sie nicht an die Liebe glauben?" Caseys Stimme war sanft, liebevoll und weckte in Linda den Wunsch, diesem Mann alles zu erzählen, sogar die Dinge, über die sie bisher nie gesprochen hatte.

„Früher, vor langer Zeit, habe ich einmal daran geglaubt." Sie zog ihre Beine an und drehte sich so, dass sie Casey besser ansehen konnte. „Ich war dreizehn, und meine Mutter fuhr mit uns zum *Tahoe-See*. Meine Tante besaß an diesem See ein Haus mit einem Privatstrand." Linda legte ihre Wange an das

Sofakissen. „An meinem ersten Tag dort traf ich einen Jungen." Sie spürte, wie sie in Gedanken in der Zeit zurückwanderte, genau wie vor ein paar Wochen, als sie sich gestattet hatte, sich an diese Zeit ihres Lebens zu erinnern.

„Am *Tahoe-See*?" Casey beugte sich etwas vor und richtete sich auf. Er schien jetzt noch aufmerksamer zuzuhören und hing an jedem Wort, das über Lindas Lippen kam.

„Ja." Linda lächelte und spürte, wie Tränen in ihre Augen traten. „Der Junge hieß Kade, und an mehr erinnere ich mich nicht mehr, ehrlich. Kade vom *Tahoe-See*. Er war fünfzehn, und er hat mir etwas gesagt, das ich nie vergessen werde." Linda wischte eine einzelne Träne fort. „Er sagte zu mir, wahre Liebe sei freundlich und gut, und das stehe auch in der Bibel. Eine Liebe, die niemals aufhöre." Linda schniefte leise. „Er versprach mir, jeden Tag für mich zu beten und dafür, dass ich ein Wunder erlebe und diese Liebe kennenlerne." Sie griff erneut nach ihrem Becher und trank einen Schluck. „Ich habe ihn nie wieder gesehen. Manchmal denke ich, dass er vielleicht ein Engel war."

„Hm." Casey wurde unruhig, und Linda bemerkte, dass er sich unbehaglich zu fühlen schien. Was hatte sie gesagt, dass seine Stimmung so umgeschlagen war? Hatte ihn das Gespräch über Liebe erschreckt? Oder vermisste er einfach seine Frau an diesem Weihnachtsabend?

„Entschuldigen Sie." Linda blickte auf ihre Uhr und lachte gezwungen. „Ich habe Sie gelangweilt. Es ist spät geworden."

„Nein … nein, Sie haben mich nicht gelangweilt, Linda." Er rutschte zur Sofakante und rückte noch näher, sodass sich ihre Knie berührten. Dann hob er die Hand an ihr Gesicht und strich mit den Fingerspitzen darüber. „Ich finde diese

Geschichte wunderschön. Es ist eine Geschichte, die ... die kein tragisches Ende zu finden braucht."

Es kostete Linda große Mühe, um eine Antwort darauf zu finden. Caseys Nähe löste einen Sturm der Gefühle in ihr aus, die sie sich nicht erklären konnte. „Sie ... sie hat bereits ein tragisches Ende gefunden. George starb, bevor wir einen Weg finden konnten, uns so zu lieben."

Casey hob Lindas Kinn, sodass sich ihre Blicke trafen. „Wie hießen Sie damals? Ich meine, wie war Ihr Mädchenname?"

Die Frage brachte sie ganz durcheinander, und am liebsten hätte sie gelacht. „Warum?"

„Weil ..." Casey suchte in ihren Augen und schien tief hinab in ihre Seele zu blicken. „Ich möchte mir genau vorstellen, wie Sie früher waren, damals, als Sie noch an die Liebe glauben wollten."

„Howard ist mein Mädchenname." Linda zog die Schultern hoch. „Und ich wurde nicht Linda gerufen, sondern Linn. Ich hieß Linn Howard."

Selbst in dem trüben Schimmer des Weihnachtsbaums schien Caseys Gesicht eine Spur blasser zu werden. Wieder wusste Linda nicht so genau, was sie Falsches gesagt hatte, aber der Zauber des Augenblicks war verflogen. Casey erhob sich, nahm seine roten Handschuhe und das Foto von ihm und Joshua. „Ich denke, ich gehe jetzt besser."

„Ja." Linda bereute, dass sie so offen von sich erzählt hatte. Ein Mann wie Casey hatte am Heiligen Abend gegen seine eigenen Geister zu kämpfen.

Sie brachte ihn zur Tür, und bevor Casey die Wohnung verließ, strich er noch einmal mit der Hand über ihre Wange, beugte sich vor und streifte ganz flüchtig mit seinen Lippen ihren Mund. Der Kuss war vorbei, bevor Linda überhaupt realisierte, was geschehen war. Leise flüsterte Casey: „Fröhliche Weihnachten, Linda."

Erst als er fort war, wurde Linda etwas bewusst: Der feuchte Schimmer in Caseys Augen war keine Spiegelung des Weihnachtsbaums gewesen.

Es waren Tränen.

Kapitel 11

Das war ein Wunder.

Eine andere Erklärung dafür gab es nicht, außer dass Gott in seiner ewigen Güte in Casey Cummins' Welt getreten war und ihm ein Weihnachtswunder geschenkt hatte. Ein solches Wunder, an das Amy immer geglaubt hatte.

Aber es war nicht das Wunder, für das er in den vergangenen Wochen gebetet hatte. Und er war sich gar nicht sicher, ob er dieses Wunder wirklich wollte. Zumindest jetzt noch nicht.

In Caseys Kopf drehte sich alles, und sein Herz wusste nicht, ob es lachen oder weinen sollte. Unter den gegebenen Umständen konnte er auf keinen Fall mit dem Taxi nach Hause fahren. Nachdem er Lindas Wohnhaus verlassen hatte, ging er also zu Fuß mit großen, kräftigen und schnellen Schritten durch die eiskalte Nacht nach Hause. Als er noch nicht einmal einen Wohnblock hinter sich gelassen hatte, traten ihm Tränen in die Augen.

Das hatte er nicht gewollt. Er hatte doch nur einem kleinen Jungen ein Freund sein, ein wenig Licht und Hoffnung und Heilung in ein Herz bringen wollen, das in den vergangenen zwei Jahren genauso sehr getrauert hatte wie Caseys Herz. Wenn er gewusst hätte, dass er sich dabei verlieben würde, hätte er bestimmt nicht bei dem Kinderhilfswerk angerufen. Das hatte Amy nicht verdient. Es waren doch erst zwei Jahre vergangen.

Zwei Jahre. Wie konnte er es wagen, bereits nach so kurzer Zeit sein Herz einer anderen zu schenken?

Seine Füße stampften hart auf den Boden und trugen ihn in südliche Richtung, zum *Central Park*. Die Lichter waren noch eingeschaltet; Paare schlenderten über die gepflasterten Wege. Casey hielt sich etwas abseits auf den unbefestigten Wegen und ließ seinen Tränen freien Lauf.

Er ging bis zu der Bank am hinteren Ende des *East-Meadow-Spielplatzes*, zu der Bank, auf der er so oft mit Amy gesessen hatte. Erschöpft ließ er sich darauf nieder. Die Geschenke von Linda und Joshua legte er neben sich auf das kalte Holz. Wie war das möglich? Gott hatte alles inszeniert. Alle seine Unternehmungen mit Linda und ihrem Sohn führten zu diesem einen Abend, zu diesem einen Gespräch mit Linda.

Und da war noch etwas anderes. Was hatte er sich dabei gedacht, sie zu küssen?

Amy … Amy, wenn du mich hören kannst, es tut mir leid, Schatz. Ich liebe dich immer noch. Ich werde dich immer lieben.

Seine Tränen flossen nun stärker, und er verbarg sein Gesicht in den Händen. Das Problem war, dass es bereits zu spät war. Viel zu spät. Und er kam nicht dagegen an. Gott die Schuld zuzuschieben würde nichts ändern. Er liebte Linda mit einer Heftigkeit, die ihn erschreckte, er liebte sie auf eine Weise, wie es ihm bis vor wenigen Stunden gar nicht klar gewesen war. Er liebte auch Joshua. Und jetzt … nach dem, was er gerade erfahren hatte … war er sicher, dass er sein Leben mit ihnen teilen, sie lieben und für immer mit ihnen leben würde.

Das war so sicher, wie jedes Jahr Weihnachten war.

Casey wünschte für einen kurzen Moment, Amy könnte jetzt hier neben ihm sitzen, seine Hand halten, ihn in den Arm nehmen und ihm sagen, dass alles in Ordnung sei. Dass keiner von ihnen irgendetwas ausrichten könnte gegen die Zeit oder wie das Leben weiterginge oder Rücksicht auf Verluste, Gefühle oder Erinnerungen nehmen könnte.

Dass das Leben manchmal genauso wehtun könnte wie der Tod.

Seine Finger waren nass von seinen Tränen, und der eisige Wind brannte wie Feuer auf seiner Haut. Er schniefte und erinnerte sich an Lindas Geschenk. Die roten Handschuhe. Er nahm sie aus ihrer Verpackung und streifte sie über seine Finger. Und dann, während er auf seine Hände starrte, durchzuckte ihn eine Erkenntnis.

Amy hatte gesagt, Rot sei die Farbe des Schenkens. Das war nicht von ihm gekommen, sondern von ihr. Und wenn es eines gab, mit dem sie ihn an diesem Weihnachten erfreuen wollte, dann mit dem Geschenk der Freiheit. Er sollte frei sein von dem Schmerz über ihren Tod, frei von dem Drang, sie festhalten zu wollen.

Er sollte frei sein, sich wieder zu verlieben.

Sie hatte ihm im Leben so viel geschenkt, und jetzt, im Tod, wollte sie ihm diese Freiheit schenken. Aber wenn das stimmte, wenn er tatsächlich loslassen und sein Leben wieder in Angriff nehmen sollte, brauchte er jetzt diese Zeit, um sich von ihr zu verabschieden. Er hob den Blick zum Himmel und flüsterte so leise, dass selbst er es kaum hören konnte. „Amy … ich wollte das nicht, das weißt du. Aber … es ist geschehen. Und wenn ich zurückblicke auf diese letzte Zeit … nun, das kann nichts anderes sein als ein Wunder."

Er trocknete seine Tränen mit den roten Handschuhen und dachte zurück an den Abend mit Linda. „Ich liebe sie, Amy.

Ich liebe ihren Sohn. Auch schon, bevor ich herausfand, was es mit diesem Wunder auf sich hat. Und ihr beide hättet euch bestimmt gemocht. Vielleicht sogar sehr." Eine weitere Träne rollte über seine Wangen und seine Stimme klang gepresst. „Du wirst immer einen Platz in meinem Herzen haben, Amy. Aber für den Augenblick ... ich muss jetzt einfach loslassen."

Lange Zeit saß er dort und sehnte sich nach ihr. Wie gern hätte er sie noch einmal gesehen. Aber das war natürlich unmöglich. Er schloss die Augen, und auf einmal spürte er es. Es war, als ob ein Eisenring, der sein Herz umklammert hielt, abgefallen wäre. Ganz plötzlich war sein Herz frei. Im selben Augenblick fühlte er sich innerlich so neu und lebendig wie frisch gefallener Schnee. Ein letztes Mal trocknete er seine Augen und erhob sich. Dann lief er, ohne sich noch einmal umzusehen, zur nächsten Straßenecke und winkte ein Taxi herbei.

Die Zeit der Tränen war vorbei. Casey konzentrierte sich auf die Gegenwart. Es war der 24. Dezember, und ein Wunder, das genauso unglaublich war wie Weihnachten selbst, entwickelte sich gerade. Joshuas Geschenk unter den Arm geklemmt, rannte er die Stufen zu seiner Wohnung hoch und stürmte sofort in sein Schlafzimmer. Die Schachtel stand auf dem Boden seines Kleiderschranks in der hintersten Ecke, hinter seinen Kleidern versteckt, wo er sie beinahe vergessen hätte.

Casey holte sie hervor und wühlte darin herum, bis er auf die alte Bibel stieß.

Die Bibel, die einem fünfzehnjährigen Jungen gehört hatte.

Und so vorsichtig und schnell er konnte, schlug er das dreizehnte Kapitel des ersten Korintherbriefes auf. Dort würde er sie bestimmt finden. Und tatsächlich, da war sie. Die gepresste violette Blüte, die Linn ihm in jener Woche geschenkt hatte.

Und in seiner jugendlichen Handschrift stand ein einfacher Satz am Rand der Bibel notiert:

Bete dafür, dass Linn Howard ein Wunder erlebt.

Casey starrte die Worte an, bis sie vor seinen Augen verschwammen. Und auf einmal sah er die Kiefern vor sich, hohe, stolze Kiefern, verwurzelt in dem sandigen Boden am *Tahoe-See*. In jedem Sommer hatte er mit seinen Eltern dort Urlaub gemacht, auch nachdem er Linn dort kennengelernt hatte. Jedes Jahr, bis nach dem Highschoolabschluss, hatte er nach ihr Ausschau gehalten, aber sie war nicht mehr zum See zurückgekehrt.

Damals war sie so traurig gewesen, so fest davon überzeugt, dass Liebe nur ein Schwindel sei. Und er, der Sohn eines Predigers, war so fest vom Gegenteil überzeugt gewesen. Liebe war gut und freundlich und rein und wahr. Liebe hörte nie auf. War das nicht die Botschaft seiner Kindheitstage, die Botschaft, die sein Vater jeden Sonntag von der Kanzel verkündigt hatte?

Sein Name war Kade Cummins, und damals wurde er noch genau so gerufen.

Aber irgendwann während seines ersten Jahres an der Universität begannen die Spieler seiner Baseballmannschaft, ihn mit seinen Initialen zu rufen, K. C. Dieser Name war geblieben. Casey Cummins. Er hatte sein Versprechen Linn gegenüber gehalten und für sie gebetet, wann immer er seine Bibel aufschlug, bis er nach Haiti aufbrach. In diesem Jahr hatte sein Vater ihm eine neue Bibel geschenkt, und seine alte Bibel landete in dieser Schachtel mit seinen Baseballauszeichnungen und alten Erinnerungsstücken aus der Highschool.

In jenem ersten Jahr in Port-au-Prince dachte er noch häufig an Linn.

Doch nachdem er Amy kennengelernt hatte, schlugen seine Gedanken eine andere Richtung ein, und erst an diesem Abend, als Linda ihre Geschichte erzählte, fanden alle Puzzleteile endlich ihren richtigen Platz. Jahrelang hatte er Gott gebeten, Linn Howard möge eines Tages die wahre Liebe finden. Und dann – als ihm in seinem Leben wenig anderes geblieben war als seine Erinnerungen an die Vergangenheit – hatte Gott sie beide wieder zusammengebracht, sodass er selbst die Antwort auf seine Gebete sein konnte, die er in den vergangenen Jahren gesprochen hatte.

Und das alles war am Heiligen Abend geschehen.

Wenn das kein Weihnachtswunder war, dann wusste Casey es auch nicht.

Natürlich war das Wunder noch nicht perfekt. Das wäre es erst, wenn er in Linns Augen blicken könnte, die Augen, in die er als Junge geblickt hatte, und ohne jeden Zweifel wüsste, dass sie wieder an die Liebe glaubte. An die Liebe, von der er ihr am Strand des *Tahoe-Sees* erzählt hatte.

Es war schon kurz vor Mitternacht, doch Casey kümmerte sich nicht darum. Er nahm den Telefonhörer zur Hand, wählte Lindas Nummer und wartete. Sie meldete sich beim dritten Läuten.

„Hallo?"

„Linda, ich bin es, Casey. Entschuldigen Sie, dass ich so spät noch anrufe."

„Nein … nein, das macht nichts. Ich war noch auf." Sie zögerte. „Alles in Ordnung? Es klingt fast so, als wäre etwas geschehen."

„Alles bestens. Aber eigentlich wollte ich Sie um einen Gefallen bitten."

„Jederzeit gern, Casey." Sie schien erleichtert zu sein. Das merkte er an ihrem Tonfall. „Was immer Sie möchten."

Casey bemühte sich, so langsam und ruhig wie möglich zu sprechen. „Könnten Sie Ihre Mutter bitten, morgen früh auf Joshua aufzupassen? Kommen Sie doch um zehn Uhr zu der Bank auf dem Spielplatz *East Meadow*. Ich meine die Bank in der Nähe der großen Rutsche." Er biss sich auf die Zunge, damit er nicht noch mehr verriet. „Bitte, Linda."

Sie zögerte. „Natürlich. Ich werde um zehn Uhr da sein."

Nachdem sie das Gespräch beendet hatten, suchte Casey eine Weihnachtskarte heraus und begann zu schreiben. Als er damit fertig war, nahm er die alte Samtschachtel aus der obersten Schublade seiner Kommode. Sein Herz begann zu rasen, als er den Inhalt überprüfte. Vielleicht passte er nicht ganz genau, aber er würde seinen Zweck erfüllen.

Richtig einschlafen konnte er nicht; immer wieder schreckte Casey hoch, doch das machte ihm nichts aus. Seine Gedanken kreisten unablässig um das, was geschehen war. Das Timing war absolut perfekt, das musste er zugeben. Alles kam zusammen an dem schönsten Tag des Jahres, an dem Tag, an dem tatsächlich ein Wunder geschah in ihrem Leben.

Am Weihnachtstag.

Kapitel 12

Um Punkt zehn Uhr traf Linda am Spielplatz ein.

Es war kalt und windig, ein Weihnachtsmorgen, an dem alle anderen gemütlich zu Hause unter dem Weihnachtsbaum saßen. Linda blickte über den verlassenen Spielplatz hinweg zu der Bank hinüber, die am hinteren Ende neben der großen Rutsche und vor einem dichten Gebüsch stand. Schnell zog sie ihren langen Wollmantel fester um sich und schlug den Kragen hoch, um sich gegen den Wind zu schützen, der vom See herüberwehte.

Von Casey keine Spur.

Sie warf einen Blick auf ihre Uhr. Eine Minute nach zehn. Seltsam ... normalerweise war Casey immer pünktlich. Mit vorsichtigen Schritten ging sie über das vereiste Pflaster und näherte sich der Bank. Sie war noch etwa drei Meter davon entfernt, als sie es entdeckte.

Auf der Sitzfläche lag ein in Geschenkpapier eingewickeltes Päckchen. Lindas Herzschlag beschleunigte sich, und erneut blickte sie sich suchend nach Casey um. War er da gewesen und hatte dieses Geschenk für sie hinterlassen? Das war doch irgendwie merkwürdig. Schließlich hatte er ihr ja am Abend zuvor einen Strauß Rosen mitgebracht, und wenn er noch ein anderes Geschenk gehabt hätte, dann hätte er es ihr doch überreicht.

Ein Schauer lief ihr über den Rücken, während sie die letzten Meter zur Bank zurücklegte. Das Geschenk hatte etwa die Größe eines großen Buches. Darauf klebte eine Karte mit ihrem Namen, und unter dem Geschenkband steckte eine kleine gepresste Azaleenblüte, hellviolett, die Ränder der Blütenblätter bereits bräunlich verfärbt. Linda hielt sie an die Nase und atmete den leicht modrigen Geruch ein. Irgendwie weckte diese Blüte eine vage Erinnerung in ihr. Was war nur damit?

Sie ließ das Geschenk sinken und blickte sich erneut suchend auf dem Spielgelände um. „Casey?" Sie wartete, aber es kam keine Antwort. Anscheinend hatte er das Geschenk für sie hier hingelegt, aber warum? Warum ausgerechnet hier? Und warum hatte er nicht auf sie gewartet?

Sie öffnete den Briefumschlag, zog die Karte heraus und begann zu lesen.

Ich habe tausend Mal für dich gebetet, Linn Howard. Schlag dein Geschenk auf bei 1. Korinther 13. Dann wirst du wissen, was ich meine.

Lindas Hände begannen zu zittern, und erneut schaute sie sich suchend nach Casey um. Ein Windstoß zerzauste ihre Haare. Sie strich sie aus ihrem Gesicht. Was meinte er damit, er hätte tausend Mal für sie gebetet? Und warum sprach er sie mit ihrem Mädchennamen an, und warum nannte er sie Linn, wie sie als kleines Mädchen gerufen worden war? Sie legte die zarte Blüte in die Karte und steckte beides in ihre Tasche.

Ohne noch länger zu zögern, schob sie ihre Finger zwischen das Papier und riss es auf. Zum Vorschein kam eine alte, zerschlissene Bibel, rissig und verblichen vom Alter. Und in der rechten unteren Ecke stand der Name des Besitzers.

Kade Cummins.

Linda schnappte nach Luft, und beinahe wäre ihr die Bibel aus der Hand gefallen. Die Finger ihrer freien Hand fuhren an ihren Mund. Sie starrte auf den Einband, während sich alles um sie zu drehen begann. Wie war Kades Bibel in Caseys Hände gelangt? Und was hatte es mit der Blume auf sich? Das konnte doch nicht die sein, die sie vor zwanzig Jahren Kade geschenkt hatte als Erinnerung an sie? Und warum sollte sie hier auf dem Spielplatz eine bestimmte Bibelstelle aufschlagen?

Sie klemmte sich die Bibel unter den Arm und vergewisserte sich auf der Karte noch einmal: 1. Korinther 13. Linda schob die Karte in die Bibel, und nach kurzem Blättern fand sie die angegebene Stelle. Da standen in verblasster Tinte Worte, die ihr den Atem raubten.

Bete dafür, dass Linn Howard ein Wunder erlebt.

Was sollte das? Das ergab doch alles gar keinen Sinn. Linda hatte das Gefühl, ohnmächtig zu werden. Wenn das tatsächlich Kades Bibel war, wie war sie in Caseys Hände gelangt? Sie wollte das alte Stück gerade an sich drücken und sich auf die Bank setzen, als sie ein Geräusch hinter sich hörte. Ihr Herzschlag beschleunigte sich, und sie drehte sich um.

„Fröhliche Weihnachten, Linn." Casey kam auf sie zu, und seine Augen begannen zu funkeln, während er immer näherkam.

„Casey ... was ... wie ist das in deine Hände gelangt?"

Wenige Zentimeter vor ihr blieb er stehen, nahm ihr die Bibel ab und legte sie auf die Bank. Dann ergriff er ihre Hände und sagte etwas, das ihr alles Blut aus dem Gesicht weichen ließ. „Kade, Linn. Ich heiße Kade."

„Nein." Sie schüttelte den Kopf. „Das ... das ist unmöglich. Kade war ... er war blond und schlank und hatte

Sommersprossen und … du bist Casey … du kannst doch nicht …“ Ihre Stimme verklang; sie war vollkommen verwirrt und wusste nicht mehr, was sie sagen sollte. So stark und kämpferisch sich Linda Edwards im Gerichtssaal auch gab, ganz plötzlich war sie wieder dreizehn Jahre alt und wünschte sich so sehr, dass wahre Liebe niemals aufhören würde.

„Linn, ich bin es wirklich. Ganz bestimmt.“ Casey schien gespürt zu haben, dass sie Mühe hatte, sich auf den Beinen zu halten. Er zog sie an sich, um sie zu stützen. „Meine blonden Haare sind nachgedunkelt und die Sommersprossen verschwanden, als ich zwanzig wurde. Und seit der Highschool wurde ich von allen nur noch K. C. genannt, nach meinen Initialen.“

Die unterschiedlichsten Empfindungen kämpften in Linda gegeneinander. Zweifel und Schock und das überwältigende Gefühl, dass sie nur träumte. „Du … hast deinen Spitznamen übernommen.“ Sie zwang sich, Luft zu holen.

„Ja.“ Ein leises Lachen schüttelte ihn, und er strich ihr über die Haare.

„Ich kann nicht … ist … ist das wahr? Du bist wirklich Kade?“

„Allerdings. Und siehst du, Linn, ich hatte damals doch recht, oder?“

Sie war noch zu schockiert, um eine Antwort zu geben, zu verblüfft, dass sie in den Armen eines Mannes lag, der ihr vor so langer Zeit Hoffnung gegeben hatte und einen Grund, an die Liebe zu glauben. Und jetzt … jetzt hatte er das wieder getan, noch bevor sie überhaupt wusste, dass er es war.

„Erinnerst du dich an das geheime Gebet? Von dem Joshua gesprochen hat?“

„Ja … ja, ich erinnere mich." Allmählich stand Linda wieder sicherer auf ihren Beinen, und ihr Schock wich einer überströmenden Freude. Unzählige Fragen brannten in ihr. „Wofür habt ihr gebetet?"

„Wir haben für ein Weihnachtswunder gebetet und dass du wieder an die Liebe glaubst."

„Wirklich?"

„Ja. Es war ein ganz ähnliches Gebet wie damals, als ich noch ein Junge war und für dich gebetet habe."

Linda blickte ihm tief in die Augen. „Kade Cummins, bist du das wirklich?"

Er antwortete ihr nicht mit Worten. Vielmehr nahm er ihr Gesicht in die Hände und küsste sie. Nicht flüchtig wie am Abend zuvor, sondern es war ein Kuss, der alle ihre Zweifel und auch ihre Fragen besänftigte. Als er sich von ihr löste, flüsterte er ihren Namen, den Namen, unter dem er sie nun schon seit fast zwei Jahrzehnten kannte.

„Linn, ich muss dir noch etwas sagen. Es geht um Joshua."

Sie fühlte sich wohl in seinen Armen. Es war ein Gefühl, das sie nie für möglich gehalten hätte. Trotzdem zwang sie sich, wieder seinen Blick zu suchen und zu erraten, was er ihr zu sagen hätte. „Okay …"

„Ich kann nicht mehr Joshuas besonderer Freund sein." Casey löste sich von ihr und betrachtete ihr Gesicht. „Nach alldem ist es mir ganz unmöglich, nur ein besonderer Freund für ihn zu sein."

Linda starrte Casey an. Sie verstand nicht so genau, was er ihr sagen wollte. Warum hatte er sie geküsst, wenn er nicht vorhatte zu bleiben? „Du … du meinst, du willst uns verlassen?"

„Nein, du Dummerchen." Casey ergriff ihre Hände und küsste sie erneut. „Das habe ich nicht gesagt."

„Du hast gesagt, es wäre dir unmöglich, weiterhin sein besonderer Freund zu sein."

„Das stimmt, ich kann nicht mehr nur sein besonderer Freund sein." Casey hielt ihren Blick fest, und sie spürte, wie ihr Herz wieder schneller schlug. „Weil ich mir nichts sehnlicher wünsche, als ... sein Papa zu werden." Er ließ eine ihrer Hände los, griff in seine Manteltasche und nahm einen kleinen glänzenden Gegenstand heraus. „Der ...", er hielt ihn ihr hin, „gehörte meiner Großmutter."

Es war ein funkelnder Diamantring in einer Fassung aus Weißgold.

Sie schnappte nach Luft, gerade so laut, dass er es hörte. Er lächelte sie an. Seine Augen glitzerten vor Tränen, und auf einmal wusste sie, was kommen würde, dass er die Worte aussprechen würde, die ihr Leben für immer verändern sollten.

Doch seltsamerweise empfand sie keinerlei Furcht und hatte auch keine Zweifel mehr. Im Gegenteil, Linda konnte es kaum erwarten, mit Ja darauf zu antworten. Casey streifte ihr den Ring über den Finger. Dann küsste er sie erneut und sprach die Worte aus, nach denen sie sich so sehnte.

„Heirate mich, Linn Howard. Heirate mich und lass mich dich lieben, wie du immer geliebt werden wolltest. Ich möchte Joshua ein Vater sein und dir zeigen, dass wahre Liebe niemals aufhört." Er zögerte, und jetzt traten auch ihr Tränen in die Augen. „Und gemeinsam werden wir uns immer an diesen Augenblick erinnern und glauben, dass, ja ... Weihnachtswunder tatsächlich geschehen."

Epilog

Es war wieder Oktober. Ein Jahr war vergangen, seit er den ersten Brief geschrieben hatte, und jetzt konnte er es kaum erwarten, diesen neuen aufzusetzen. Joshuas Eltern befanden sich im Nebenzimmer, und so nahm er ein Blatt Papier aus seiner Schreibtischschublade, wo er seine Schulsachen aufbewahrte. Mit seinem schönsten Stift aus der Federmappe auf seinem Schreibtisch begann er zu schreiben.

Lieber Gott.

Er lächelte, als er die Buchstaben betrachtete, dann atmete er tief durch und schrieb weiter.

Ich wollte dir eigentlich schon vor einiger Zeit schreiben, aber ich habe so lange gewartet, damit ich dir erzählen konnte, wie schön alles ist. Und jetzt ist meine Rechtschreibung auch besser und ich kann dir mehr erzählen. Ich hoffe, du bekommst diesen Brief, denn der Papa, den du mir geschickt hast, ist der beste Papa der ganzen Welt. Und noch etwas anderes. Meine Mama glaubt wieder an die Liebe. Ich habe gehört, wie sie das zu Papa sagte, bevor sie geheiratet haben.
Zur Hochzeit musste ich meine schönsten Sachen tragen und alle sagten, sie hätten spüren können, dass du dort bei uns warst.

Ich habe dich auch gespürt, und nicht nur, weil Valentinstag war, sondern weil wir deine Liebe jeden Tag des Jahres erleben können.
Ich weiß es, weil Papa es sagt, und Papa weiß gut Bescheid über die Liebe.
Wie auch immer, ich wollte dir Danke sagen, dass du meinen Brief gelesen und alles so toll gemacht hast. Nächstes Jahr schreibe ich dir wieder.
In Liebe, Joshua.

PS: Danke, dass du auch mein Gebet für eine kleine Schwester erhört hast. Mama sagt, dass sie noch vor Weihnachten geboren wird.